El viaje a la ficción

El mundo de Juan Carlos Onetti

Mario Vargas Llosa

El viaje a la ficción

ALFAGUARA

EL VIAJE A LA FICCIÓN
EL MUNDO DE JUAN CARLOS ONETTI

© 2008, Mario Vargas Llosa
© 2008, Santillana Ediciones Generales S.L.
© De esta edición:
  2008, Santillana S. A.
  Av. Primavera 2160, Santiago de Surco, Lima, Perú
  Teléfono 313 4000
  Telefax 313 4001

ISBN: 978-603-4016-96-5
Hecho el depósito legal en la Biblioteca Nacional del Perú Nº 2008-14234
Registro de Proyecto Editorial Nº 31501400800877
Primera edición: noviembre de 2008
Tiraje: 3500 ejemplares

© Diseño: Proyecto de Enric Satué
© Cubierta: Pep Carrió

Impreso en el Perú - Printed in Peru
Metrocolor S. A.
Los Gorriones 350, Lima 9 - Perú

Índice

*A John King, crítico
y amigo ejemplar*

El viaje a la ficción

Retrocedamos a un mundo tan antiguo que la ciencia no llega a él y la que dice que llega no nos convence, pues sus tesis y conjeturas nos parecen tan aleatorias y evanescentes como la fantasía y la ficción.

Se diría que el tiempo no existe todavía. Todas las referencias que puntúan su trayectoria aún no han aparecido y quienes viven inmersos en él carecen de la conciencia del transcurrir, del pasado y del futuro, e incluso de la muerte, a tal extremo se hallan prisioneros de un continuo presente que les impide ver el antes y el después. El presente los absorbe de tal manera en su afán de sobrevivir en esa inmensidad que los circunda que sólo el ahora, el instante mismo en que se está, consume su existencia. El hombre ya no es un animal pero resultaría exagerado llamarlo humano todavía. Está erecto sobre sus extremidades traseras y ha comenzado a emitir sonidos, gruñidos, silbidos, aullidos, acompañados de una gesticulación y unas muecas que son las bases elementales de una comunicación con la horda de la que forma parte y que ha surgido gracias a ese instinto animal que, por el momento, le enseña lo más importante que necesita saber: qué es imprescindible para poder sobrevivir a la miríada de amenazas y peligros que lo rodean en ese mundo donde todo —la fiera, el rayo, el agua, la sequía, la serpiente, el insecto, la noche, el hambre, la enfermedad y otros bípedos como él— parece conjurado para exterminarlo.

El instinto de supervivencia lo ha hecho integrarse a la horda con la que puede defenderse mejor que librado a su propia suerte. Pero esa horda no es una sociedad, está más cerca de la manada, la jauría, el enjambre o la piara que de lo que, al cabo de los siglos, llamaremos una comunidad humana.

Desnudos o, si la inclemencia del tiempo lo exige, envueltos en pellejos, esos raleados protohombres están en perpetuo movimiento, entregados a la caza y la recolección, que los llevan a desplazarse continuamente en busca de parajes no hollados donde sea posible encontrar el sustento que arrebatan al mundo natural sin reemplazarlo, como hacen los animales, vasta colectividad de la que aún forman parte, de la que apenas están comenzando a desgajarse.

Coexistir no es todavía convivir. Este último verbo presupone un elaborado sistema de comunicación, un designio colectivo, compartido y cimentado en denominadores comunes, como lenguaje, creencias, ritos, adornos y costumbres. Nada de eso existe todavía: sólo ese quién vive, esa pulsación prelógica, ese sobresalto de la sangre que ha llevado a esos semianimales sin cola que empuñan pedruscos o garrotes debido a su falta de garras, colmillos, veneno, cuernos y demás recursos defensivos y ofensivos de que disponen los otros seres vivientes, a andar, cazar y dormir juntos para así protegerse mejor y sentir menos miedo.

Porque, sin duda, la experiencia cotidiana ha hecho que de todos los sentimientos, deseos, instintos, pasiones aún dormidos en su ser, el que primero se desarrollara en él en ese su despertar a la existencia haya sido el miedo.

El pánico a lo desconocido que es, de hecho, todo lo que está a su alrededor, el porqué de la oscuridad y el porqué de la luz, y si aquellos astros que flotan allá arriba, en el firmamento, son bestias aladas y mortíferas que de pronto caerán vertiginosamente sobre él a fin de devorarlo. ¿Qué peligros esconde la boca negra de esa caverna donde quisiera guarecerse para escapar del aguacero, o las aguas profundas de esa laguna a la que se ha inclinado a beber, o el bosque en el que se interna en pos de refugio y alimento? El mundo está lleno de sorpresas y para él casi todas las sorpresas son mortíferas: la picadura del crótalo que se ha acercado sinuosamente a sus pies reptando entre la hierba, el rayo que ilumina la tempestad e incendia los árboles o la tierra que de pronto se echa a temblar y se cuartea y raja en hendiduras que roncan y quieren tragárselo. La desconfianza, la inseguridad, el recelo hacia todo y hacia todos es su estado natural y crónico, algo de lo que sólo lo dispensan, por brevísimos intervalos, esos instintos que satisface cuando duerme, fornica, traga o defeca. ¿Ya sueña o todavía no? Si ya lo hace, sus sueños deben ser tan pedestres y ferales como lo es su vida, una duplicación de su constante trajín para asegurarse el alimento y matar antes de que lo maten.

Los antropólogos dicen que después de alimentarse, adornarse es la necesidad más urgente en el primitivo. Adornarse, en ese estadio de la evolución humana, es otra manera de defenderse, un santo y seña, un conjuro, un hechizo, una magia para ahuyentar al enemigo visible o invisible y contrarrestar sus poderes, para sentirse parte de la tribu, darse valor y vacunarse contra el miedo cerval que lo acompaña como su sombra día y noche.

El paso decisivo en el proceso de desanimalización del ser humano, su verdadera partida de nacimiento, es la aparición del lenguaje. Aunque decir «aparición» sea falaz, pues reduce a una suerte de hecho súbito, de instante milagroso, un proceso que debió tomar siglos. Pero no hay duda de que cuando, en esas agrupaciones tribales primitivas, los gestos, gruñidos y ademanes fueron siendo sustituidos por sonidos inteligibles, vocablos que expresaban imágenes que a su vez reflejaban objetos, estados de ánimo, emociones, sentimientos, se franqueó una frontera, un abismo insalvable entre el ser humano y el animal. La inteligencia ha comenzado a reemplazar al instinto como el principal instrumento para entender y conocer el mundo y a los demás y ha dotado al ser humano de un poder que irá dándole un dominio inimaginable sobre lo existente. El lenguaje es abstracción, un proceso mental complejo que clasifica y define lo que existe dotándolo de nombres, que, a su vez, se descomponen en sonidos —letras, sílabas, vocablos— que, al ser percibidos por el oyente, inmediatamente reconstruyen en su conciencia aquella imagen suscitada por la música de las palabras. Con el lenguaje el hombre es ya un ser humano y la horda primitiva comienza a ser una sociedad, una comunidad de gentes que, por ser hablantes, son pensantes.

Estamos a las puertas de la civilización pero aún no dentro de ella. Los seres humanos hablan, se comunican, y esa complicidad recóndita que el lenguaje establece entre ellos multiplica su fuerza, es decir, su capacidad de defenderse y de hacer daño. Pero a mí me cuesta todavía hablar de una civilización en marcha frente al espectáculo de esos hombres y mujeres semidesnudos, tatuados y claveteados, llenos de amuletos, que siembran el bosque de trampas y envenenan sus flechas para diezmar a otras tribus y sacrificar a los hombres y mujeres que las pueblan a sus bárbaras divinidades o comérselos a fin de apropiarse de su inteligencia, sus artes mágicas y su poderío.

Para mí, la idea del despuntar de la civilización se identifica más bien con la ceremonia que tiene lugar en la caverna o el claro del bosque en donde vemos, acuclillados o sentados en ronda, en torno a una fogata que espanta a los insectos y a los malos espíritus, a los hombres y mujeres de la tribu, atentos, absortos, suspensos, en ese estado que no es exagerado llamar de trance religioso, soñando despiertos, al conjuro de las palabras que escuchan y que salen de la boca de un hombre o una mujer a quien sería justo, aunque insuficiente, llamar brujo, chamán, curandero, pues aunque también sea algo de eso, es nada más y nada menos que alguien que también sueña y comunica sus sueños a los demás para que sueñen al unísono con él o ella: un contador de historias.

Quienes están allí, mientras, embrujados por lo que escuchan, dejan volar su imaginación y salen de sus precarias existencias a vivir *otra* vida —una vida de a mentiras, que construyen en silenciosa complicidad con el hombre o la mujer que, en el centro del escenario, fabula en voz alta—, realizan, sin advertirlo, el quehacer más privativamente humano, el que define de manera más genuina y excluyente esa naturaleza humana entonces todavía en formación: salir de sí mismo y de la vida tal como es mediante un movimiento de la fantasía para vivir por unos minutos o unas horas un sucedáneo de la realidad real, esa que no escogemos, la que nos es impuesta fatalmente por la razón del nacimiento y las circunstancias, una vida que tarde o temprano sentimos como una servidumbre y una prisión de la que quisiéramos escapar. Quienes están allí, escuchando al contador, arrullados por las imágenes que vierten sobre ellos sus palabras, ya antes, en la soledad e intimidad, habían perpetrado, por instantes o ráfagas, esos exorcismos y abjuraciones a la vida real, fantaseando y soñando. Pero convertir aquello en una actividad colectiva, socializarla, institucionalizarla, es un paso trascendental en el proceso de humanización del primitivo, en la puesta en marcha o arranque de su vida espiritual, del nacimiento de la cultura, del largo camino de la civilización.

Inventar historias y contarlas a otros con tanta elocuencia como para que éstos las hagan suyas, las incorporen a su memoria —y por lo tanto a sus vidas—, es ante todo una manera discreta, en apariencia inofensiva, de insubordinarse contra la realidad real. ¿Para qué oponerle, añadirle, esa realidad ficticia, de a mentiras, si ella nos colmara? Se trata de un entretenimiento, qué duda cabe, acaso del único que existe para esos ancestros de vidas animalizadas por la rutina que es la búsqueda del sustento cotidiano y la lucha por la supervivencia. Pero imaginar otra vida y compartir ese sueño con otros no es nunca, en el fondo, una diversión inocente. Porque ella atiza la imaginación y dispara los deseos de una manera tal que hace crecer la brecha entre lo que somos y lo que nos gustaría ser, entre lo que nos es dado y lo deseado y anhelado, que es siempre mucho más. De ese desajuste, de ese abismo entre la verdad de nuestras vidas vividas y aquella que somos capaces de fantasear y vivir de a mentiras, brota ese otro rasgo esencial de lo humano que es la inconformidad, la insatisfacción, la rebeldía, la temeridad de desacatar la vida tal como es y la voluntad de luchar por transformarla, para que se acerque a aquella que erigimos al compás de nuestras fantasías.

Cuando surgen los contadores de historias en la humana tribu —y ellos aparecen siempre, sin excepciones, en esas comunidades primitivas que evolucionarán luego en culturas y civilizaciones—, aquélla ha empezado ya inevitablemente a progresar —a superar obstáculos, a enriquecer sus conocimientos y sus técnicas— espoleada, sin saberlo, por esos oficiantes hechiceros que pueblan sus tardes o noches vacías con historias inventadas.

¿Cómo eran estos primeros contadores de historias, anónimos, remotos, tan antiguos casi como los lenguajes que ayudaron a forjar y les permitieron la existencia? ¿Qué historias contaban estos prehistóricos colegas, embriones o piedras miliares de los futuros novelistas? ¿Y qué significaban para las vidas de esos hombres y mujeres de la aurora de la historia aquellos primeros cuentos y relatos que desde entonces fueron creando, junto y dentro de la vida real, otra vida paralela, invisible, de mentiras, de palabras, pero rica, diversa e intensa, y, aunque siempre de modo difícil de cuantificar, enredada y fundida con la otra, la de verdad, la que ella, de manera sutil y misteriosa, contagia e inficiona, corrigiéndola, orientándola, coloreándola, complementándola y contradiciéndola?

Desde el mes de agosto de 1958 y gracias a una experiencia que viví sin sospechar entonces la importancia que tendría en mi vida, me he hecho muchas veces esas preguntas y he imaginado las posibles respuestas, y hasta he escrito una novela que me absorbió enteramente por dos años, *El hablador,* que es una imaginaria averiguación de esos albores de la civilización cuando aparecieron, con los contadores de historias, los gérmenes de lo que, pasado el tiempo y con la aparición de la escritura, llamaríamos literatura.

Ocurrió en una amplia cabaña de Yarinacocha —el lago de Yarina— en los alrededores de Pucallpa, en la Amazonía peruana, en agosto de 1958. Yo formaba parte de una pequeña expedición que habían organizado la Universidad de San Marcos y el Instituto Lingüístico de Verano para un antropólogo mexicano de origen español, el doctor Juan Comas, que quería visitar las tribus del Alto Marañón. La expedición partiría al día siguiente de Yarinacocha, donde tenía su central de operaciones el Instituto Lingüístico de Verano, cuyo fundador, Guillermo Townsend, un amigo y biógrafo de Lázaro Cárdenas, estuvo allí aquella noche con nosotros. La reunión tuvo lugar después de una temprana cena. Recuerdo que varios lingüistas —eran lingüistas y misioneros a la vez, pues el Instituto, al mismo tiempo que aprendía las lenguas aborígenes y elaboraba gramáticas y vocabularios de ellas, tenía como designio la traducción de la Biblia a esas lenguas— nos hicieron exposiciones sobre las comunidades aguarunas, huambisas y shapras que visitaríamos en el viaje. Pero todo eso se me ha ido confundiendo y borrando en la memoria de aquella noche, porque, para mí, lo emocionante e inolvidable de la sesión ocurrió al final, cuando tomaron la palabra los esposos Wayne y Betty Snell. Jóvenes todavía, esta pareja de lingüistas había pasado ya varios años —él desde 1951 y ella desde 1952— conviviendo con una pequeña comunidad machiguenga, en la región limitada por los ríos Urubamba, Paucartambo y Mishagua, que, hasta la llegada de ellos a ese paraje, había vivido sin contacto alguno con la «civilización».

Betty y Wayne Snell nos explicaron la cuidadosa estrategia que habían desarrollado para vencer la desconfianza de los machiguengas —desnudándose para acercarse a sus cabañas y dejándoles regalos, por ejemplo, y luego retirándose para que supieran que venían en son de paz— hasta ser aceptados y alojados por ellos. También, los difíciles primeros tiempos de convivencia en el nuevo hábitat, y su entusiasmo al ir poco a poco aprendiendo las costumbres y ritos de sus huéspedes y familiarizándose con el idioma machiguenga.

Pero lo que mi memoria conserva como más vívido y apasionante de aquella noche, un recuerdo que nunca más se eclipsaría y, más bien, con el tiempo, recobraría cada vez su fosforescencia contagiosa, fue aquello que, en un momento dado, nos contó Wayne Snell. Estaba solo con los machiguengas porque Betty había salido de viaje, tal vez a la central de Yarinacocha. Advirtió, de pronto, que cundía una agitación inusitada en la comunidad. ¿Qué ocurría? ¿Por qué estaban todos, hombres y mujeres, chicos y viejos, tan exaltados? Le explicaron que iba a llegar «el hablador». (Wayne Snell pronunció una palabra en machiguenga y dijo que el equivalente podría ser eso, «hablador».) Los machiguengas lo invitaron a escucharlo, junto con ellos. Éste es el momento de su historia que a mí me quitaría el sueño muchas noches, que cientos de veces retrotraería para volverlo a oír e imaginármelo, que sometería a un escrutinio enfermizo, al que, con sólo cerrar los ojos, imaginaría los meses y años futuros de mil maneras diferentes. Wayne Snell no tenía un buen recuerdo de aquella noche entera —sí, entera— que pasó, sentado en la tierra, en un claro del bosque, rodeado de todos los machiguengas de la comunidad, escuchando al hablador. Lo que él recordaba sobre todo era la unción, el fervor, con que todos lo escuchaban, la avidez con que bebían sus palabras y cuánto se alegraban, reían, emocionaban o entristecían con lo que contaba. Pero ¿qué era lo que el hablador les contaba? Wayne Snell ya sabía la lengua, pero no comprendía todo lo que aquél decía. Sí lo bastante para entender que aquel monólogo era un verdadero popurrí u olla podrida de cosas disímiles: anécdotas de sus viajes por la selva, y de las familias y aldeas que visitaba, chismografías y noticias de aquellos otros machiguengas dispersos por la inmensidad de las selvas amazónicas, mitos, leyendas, habladurías, seguramente invenciones suyas o ajenas, todo mezclado, enredado, confundido, lo que no parecía molestar en absoluto a sus oyentes, que vivieron aquella larga noche —a diferencia de Wayne Snell, a quien le dolían todos los huesos y los músculos por la incómoda postura, pero no se atrevía a partir para no herir la susceptibilidad de los demás oyentes— en estado de incandescencia espiritual. Luego, cuando el hablador partió, en toda la comunidad siguieron rememorando su venida muchos días, recordando y repitiendo lo que aquél les contaba.

Como me ha ocurrido con casi todas las experiencias vividas que luego se han convertido en materia prima de mis novelas u obras de teatro, aquello que oí, esa noche de agosto de 1958, en un bungalow a orillas de Yarinacocha, a los esposos Snell, quedó primero firmemente almacenado en mi memoria, y en los meses y años siguientes, en Madrid, mientras escribía mi primera novela, y en París, cuando escribía la segunda, y en Lima o Londres o Estados Unidos mientras fabulaba la tercera y la cuarta, o en Barcelona, Brasil, Lima de nuevo, mientras seguía escribiendo otras historias y pasaban los años, aquel recuerdo volvía una y otra vez, siempre con más fuerza y urgencia, y, desde algún momento que no sabría precisar, acompañado ya de la intención de escribir alguna vez una novela a partir de aquellas imágenes que me dejaron en la memoria los esposos Snell en mi primer viaje a la Amazonía.

Muchas veces no sé por qué ciertas cosas vividas se me convierten en estímulos tan poderosos —casi en exigencias fatídicas— para inventar a partir de ellas historias ficticias. Pero en el caso del «hablador» machiguenga sí creo saber por qué la imagen de esa pequeña comunidad de hombres y mujeres recién salidos, o sólo en trance de empezar a salir, de la prehistoria, excitada y hechizada a lo largo de toda una noche por los cuentos de ese contador ambulante, me conmovía tanto. Porque aquel hombre que recorría las selvas yendo y viniendo entre las familias y aldeas machiguengas era el sobreviviente de un mundo antiquísimo, un embajador de los más remotos ancestros, y una prueba palpable de que allí, ya entonces, en ese fondo vertiginosamente alejado de la historia humana, antes todavía de que empezara la historia, ya había seres humanos que practicaban lo que yo pretendía hacer con mi vida —dedicarla a inventar y contar historias— y, además, sobre todo, porque allí, en esos albores del destino humano, aquel hablador y su relación tan entrañable con su comunidad eran la prueba tangible de la importantísima función que cumplía la ficción —esa vida de mentiras soñada e inventada de los contadores de cuentos— en una comunidad tan primitiva y separada de la llamada «civilización». No había duda: aquello iba mucho más lejos de la mera diversión, aunque, por supuesto, escuchar al hablador fuera para los machiguengas la diversión suprema, un espectáculo que los embelesaba y les hacía vivir, mientras lo escuchaban, una vida más rica y diversa que sus pedestres vidas cotidianas. Gracias a sus habladores, un sistema sanguíneo que llevaba y traía historias que les concernían a todos, los machiguengas, pulverizados en una vasta región en comunidades minúsculas casi sin contacto entre sí, tenían conciencia de pertenecer a una misma cultura, a un mismo pueblo, y conservaban vivos, gracias a aquellas narraciones, un pasado, una historia, una mitología, una tradición, pues, por el testimonio de Wayne Snell, era clarísimo que de todo esto estaba compuesto —como en una manta de retazos— el discurso del hablador machiguenga.

Sólo en 1985 me puse a trabajar sistemáticamente en *El hablador*. Para entonces había leído y anotado todos los artículos y trabajos etnológicos, folclóricos y sociológicos a los que había podido echar mano sobre los machiguengas. Pero sólo entonces lo hice a tiempo completo, pasando muchas horas en bibliotecas y consultando a antropólogos o misioneros dominicos (que han tenido y tienen aún misiones en territorio machiguenga). Además, cuando terminé una primera versión de la novela, hice un viaje a la Amazo-

nía, con Vicente y Lorenzo de Szyszlo y el antropólogo Luis Román, que llevaban algún tiempo haciendo
trabajo social y de investigación en comunidades machiguengas del alto y medio Urubamba y afluentes.
Visité algunas de ellas y pude conversar con los nativos, así como con criollos y misioneros de la zona.
Antes, en 1981, con ayuda del Instituto Lingüístico
de Verano, había visitado las primeras aldeas machiguengas de la historia: Nueva Luz y Nuevo Mundo,
donde, con alegría, me encontré con los esposos Snell,
a quienes no había vuelto a ver desde aquella noche
de 1958. Recuerdo todavía la cara de estupefacción de
ambos cuando, en Nueva Luz, tomando una infusión
de yerbaluisa y mientras los izangos me devoraban los
tobillos, les dije que lo que les había oído contar veintitrés años atrás sobre los machiguengas, y más precisamente sobre el hablador, me había acompañado
todo este tiempo y que estaba decidido a escribir una
novela inspirada en ese personaje de su historia. Los
Snell no podían creer lo que yo les decía. Ya tenían
una edición de la Biblia en machiguenga, que me
mostraron, y ambos habían publicado trabajos lin-
güísticos, gramaticales y vocabularios sobre esa comunidad que ahora —en 1981— veían, felices, agruparse
en localidades, desarrollar actividades agrícolas y elegir
«caciques», autoridades, algo que antes no habían tenido nunca.

Toda esa investigación fue apasionante y recuerdo los dos años que dediqué a *El hablador* con
nostalgia. Pero una de mis grandes sorpresas en el curso de esa investigación fue lo poco que encontré, en lo
mucho que leí, sobre los «habladores» o contadores
de cuentos machiguengas. No podía explicármelo.

Había algunas referencias al paso sobre ellos en algunos cronistas viajeros del siglo XIX, como el francés Charles Wiener, y en los informes o memorias de las misiones dominicas —el «hablador» jamás aparecía con esa denominación—, pero casi nada en los antropólogos y etnólogos que habían trabajado sobre los machiguengas contemporáneos. Algunos de los críticos que han estudiado mi novela, como Benedict Anderson, que le dedicó un penetrante estudio[*], deducen por eso que, como no está documentado por los científicos sociales, aquello de los «habladores» machiguengas es una invención mía. ¡Qué más quisiera yo que haberme inventado a ese personaje formidable! Aunque, a veces, la memoria me ha jugado algunas malas pasadas y me ha hecho confundir recuerdos vividos con recuerdos inventados en el proceso de gestar una novela, en este caso metería mis manos al fuego y juraría que aquella historia del «hablador» se la oí a Wayne Snell tal como mi memoria la ha conservado hasta ahora, medio siglo después.

Cuando volví a ver a los Snell, en 1981, en el poblado de Nueva Luz, él recordaba apenas aquella sesión nocturna en Yarinocacha de 1958 (y, a mí, menos aún). Cuando yo le mencioné al «hablador», él y su esposa, Betty, y el joven cacique o jefe de la comunidad, cambiaron frases en machiguenga, se consultaron y, finalmente, poniéndose de acuerdo, pronunciaron ese nombre que yo he estampado en la dedicatoria de *El hablador*: «kenkitsatatsirira». Sí, dijeron, se podía traducir por «hablador» o «contador». Pero la verdad es

---

[*] «El malhadado país», en Benedict Anderson, *The Spectre of Comparisons. Nationalism, Southeast Asia and the World*, Londres / Nueva York, Verso, 1998, pp. 333-359.

que ninguno de los tres me pudo dar datos más precisos sobre los habladores. Y, de los machiguengas con los que hablé, directamente o a través de intérpretes, en el alto y el medio Urubamba, siempre obtuve respuestas evasivas cada vez que los interrogué sobre los habladores. ¿Me soñé con todo aquello, pues? Estoy seguro que no. Y estoy seguro, también, de que los «habladores» no son criaturas de mi imaginación. Existen y, ahora mismo, alguno de ellos está recorriendo los bosques o hablando, hablando, en los claros o aldeas de la tribu, ante una ronda de caras crédulas y maravilladas.

¿Por qué los ocultan? ¿Por qué no han hablado más de ellos a los forasteros? ¿Por qué los informantes machiguengas que han proporcionado tanto material a etnólogos y antropólogos sobre sus mitos y leyendas, sobre sus creencias y costumbres, sobre su pasado, han sido tan reservados en torno a una institución que, sin la menor duda, ha representado y debe representar todavía algo central en la vida de la comunidad? Tal vez por la razón que inventé en mi novela *El hablador* para explicar ese silencio pertinaz: a fin de mantener dentro del secreto de las cosas sagradas de la tribu, amparado por un pacto tácito o tabú, algo que pertenece a lo más íntimo y privado de la cultura machiguenga, algo que, de manera intuitiva y certera, los machiguengas, que en el curso de su historia han sido despojados ya de tantas cosas —tierras, sembríos, dioses, vidas—, sienten que deben mantener a salvo de una contaminación y manoseo que lo desnaturalizaría y despojaría de su razón de ser: mantener viva el alma machiguenga, lo propio, lo intransferible, su naturaleza espiritual, su realidad emblemática y mítica. Pues todo eso es lo que representa el hablador para ellos. O, acaso, la curiosidad de los científicos sociales jamás concedió la importancia debida a esos contadores de cuentos primitivos, aunque algunos de ellos, como el padre Joaquín Barriales (O. P.), recopilador y traductor de algunos hermosos poemas y leyendas machiguengas, se hayan interesado por su folclore y mitología.

En todo caso, una cosa es universalmente sabida: la ficción, esa otra realidad inventada por el ser humano a partir de su experiencia de lo vivido y amasada con la levadura de sus deseos insatisfechos y su imaginación, nos acompaña como nuestro ángel de la guarda desde que allá, en las profundidades de la prehistoria, iniciamos el zigzagueante camino que, al cabo de los milenios, nos llevaría a viajar a las estrellas, a dominar el átomo y a prodigiosas conquistas en el dominio del conocimiento y la brutalidad destructiva, a descubrir los derechos humanos, la libertad, a crear al individuo soberano. Probablemente ninguno de esos descubrimientos y avances en todos los dominios de la experiencia habría sido posible si, mirando a nuestras espaldas millones de años atrás, no descubriéramos a nuestros antepasados de los tiempos de la caverna y el garrote, entregados a esa iniciativa ingenua e infantil, seguramente cuando, en la hora cumbre del pánico, la noche oscura, apretados contra otros cuerpos humanos en busca de calor, se ponían a divagar, a viajar mentalmente, antes de que el sueño los venciera, a un mundo distinto, a una vida menos ardua, con menos riesgos, o más premios y logros de los que les permitía la realidad vivida. Ese viaje mental fue, es, el principio de lo mejor que le ha pasado a la sociedad humana, pero también, sin duda, de muchas de sus tragedias, porque abandonarse a los sortilegios de la imaginación empujados por nuestros deseos no sólo nos descubre lo que hay de altruista, generoso y solidario en el corazón humano, también esos demonios, apetitos destructores, de feroz irracionalidad, que suelen anidar también entreverados con nuestros sueños más benignos.

La literatura es una hija tardía de ese quehacer primitivo, inventar y contar historias, que humanizó a la especie, la refinó, convirtió el acto instintivo de la reproducción en fuente de placer y en ceremonia artística —el erotismo— y disparó a los humanos por la ruta de la civilización, una forma sutil y elevada que sólo fue posible con la escritura, que aparece en la historia muchos miles de años después de los lenguajes. ¿Alteró sustancialmente la escritura —la literatura— el viaje a la ficción que emprendían juntos los primitivos cada vez que se reunían a oír contar historias a sus contadores de cuentos? Esencialmente, no. La escritura dio a las historias una forma más ceñida y cuidada, y las hizo más personales, complejas y elaboradas, diversificándolas, sutilizándolas hasta dotar a algunas de ellas de dificultades que las volvían inaccesibles al lector común y corriente, algo que de por sí era inconcebible en el género de ficciones orales dirigidas al conjunto de la comunidad.

Y por otra parte, la escritura dio a las ficciones una estabilidad y permanencia que no podían tener las ficciones orales, transmitidas de padres a hijos y de generación en generación, de pueblo a pueblo y de cultura en cultura, que, como muestran todas las recopilaciones que se han hecho de esos relatos, leyendas y gestas conservadas por tradición oral a lo largo de los años, se diversifican y transforman hasta no parecer provenir de un tronco común ni guardar parentesco entre sí.

Pero, descontando las variantes formales y la metamorfosis a que está sometida inevitablemente la literatura oral, hay una inequívoca línea de continuidad entre aquélla y la escrita, entre la ficción contada y escuchada y la leída, por lo menos en lo que ambas representan en su origen y designio: un movimiento mental del desvalido ser humano para salir de la jaula en que transcurre su vida y alcanzar una libertad e iniciativa que lo hace escapar del espacio y del tiempo en que transcurre su existencia, y extiende y profundiza sus experiencias haciéndolo vivir, como en una metamorfosis mágica, otras acciones, aventuras, pasiones, y le permite adueñarse de toda clase de destinos, aun los más estrafalarios y riesgosos, que las ficciones bien concebidas y contadas —las ficciones persuasivas—, oídas o leídas, incorporan a sus vidas.

Esta vida de mentiras que es la ficción, que vivimos cuando viajamos, solos o acompañados (escuchando a los habladores o leyendo a cuentistas y novelistas), hacia esos universos creados por la imaginación y los apetitos humanos, no debe ser considerada una mera réplica de la vida de verdad, la vida objetivamente vivida, aunque ésta sea la tendencia con que suelen estudiarla los científicos sociales que, valiéndose de la literatura oral y escrita, ven en ésta un documento sociológico e histórico para conocer las intimidades de una sociedad. En verdad, la ficción no es la vida sino una réplica a la vida que la fantasía de los seres humanos ha construido añadiéndole algo que la vida no tiene, un complemento o dimensión que es precisamente lo ficticio de la ficción, lo propiamente novelesco de la novela, aquello de lo que la vida real carece, pero que deseábamos que tuviera —por ejemplo un orden, un principio y un fin, una coherencia y mil cosas más— y para poder tenerlo debimos inventarlo a fin de vivirlo en el sueño lúcido en el que se viven las ficciones.

Éste es un tema largo y complejo sobre el que no debo ni puedo extenderme aquí, sólo apuntarlo en este somero croquis de la antigüedad y razón de ser de la ficción en la vida de los seres humanos. Es un error creer que soñamos y fantaseamos de la misma manera que vivimos. Por el contrario, fantaseamos y soñamos lo que no vivimos, porque no lo vivimos y quisiéramos vivirlo. Por eso lo inventamos: para vivirlo de a mentiras, gracias a los espejismos seductores de quien nos cuenta las ficciones. Esa otra vida, de mentiras, que nos acompaña desde que iniciamos el largo peregrinaje que es la historia humana, no nos refleja como un espejo fiel, sino como un espejo mágico, que, penetrando nuestras apariencias, mostraría nuestra vida recóndita, la de nuestros instintos, apetitos y deseos, la de nuestros temores y fobias, la de los fantasmas que nos habitan. Todo eso somos también nosotros, pero lo disimulamos y negamos en nuestra vida pública, gracias a lo cual es posible la convivencia y la vida social, a la que tantas cosas debemos sacrificar para que la comunidad civilizada no estalle en caos, libertinaje y violencia. Pero esa otra vida negada y reprimida que es también nuestra sale siempre a flote y de alguna manera la vivimos en las historias que nos subyugan, no sólo porque están bien contadas, sino acaso sobre todo porque gracias a ellas nos reencontramos con la parte perdida —Georges Bataille la llamaba la «parte maldita»— de nuestra personalidad.

Diversión, magia, juego, exorcismo, desagravio, síntoma de inconformidad y rebeldía, apetito de libertad, y placer, inmenso placer, la ficción es muchas cosas a la vez, y, sin duda, rasgo esencial y exclusivo de lo humano, lo que mejor expresa y distingue nuestra condición de seres privilegiados, los únicos en este planeta y, hasta ahora al menos, en el universo conocido, capaces de burlar las naturales limitaciones de nuestra condición, que nos condena a tener una sola vida, un solo destino, una sola circunstancia, gracias a esa arma sutil: la ficción.

Por eso no es impropio decir que sin la ficción la libertad no existiría y que, sin ella, la aventura humana hubiera sido tan rutinaria e idéntica como la vida del animal. Soñar vidas distintas a la que tenemos es una manera díscola de comportarse, una manera simbólica de mostrar insatisfacción con lo que somos y hacemos y, por lo mismo, significa introducir en nuestra existencia dos elementos sediciosos: el desasosiego y la ilusión. Querer ser otro, otros, aunque sea de la manera vicaria en que lo somos entregándonos a los ilusionismos y juegos de disfraces de la ficción, es emprender un viaje sin retorno hacia parajes desconocidos, una proeza intelectual en que está contenida en potencia toda la prodigiosa aventura humana que registra la historia. Difícilmente hubieran sido posibles todas esas hazañas y descubrimientos en la materia y el espacio, en la mente y en el cuerpo, en la geografía y en la conciencia y subconciencia, ni hubiéramos alcanzado, al igual que en la ciencia y la técnica, en las artes las deslumbrantes realizaciones de un

Dante, un Shakespeare, un Botticelli, un Rembrandt, un Mozart o un Beethoven, si, antes de todo ello, no nos hubiéramos puesto a soñar historias a veces tan persuasivas que indujeron a ciertos lectores apasionados, como el Quijote y Madame Bovary, a querer convertirlas en realidades, y a tantos otros a actuar con ímpetu y genio para que la vida real se fuera acercando más y más a la que creamos con nuestra fantasía.

A la vez que sirvió para que con ella aplacáramos nuestros miedos y deseos, la ficción nos hizo más inconformes y ambiciosos y dio un sentido trascendente a nuestra libertad, al hacer nacer en nosotros la voluntad de vivir de manera distinta a la que nuestra circunstancia nos obliga. Por eso, aunque en el milenario transcurrir del acontecer humano nos hemos ido despojando de tantas cosas —prejuicios, tabúes, miedos, costumbres, creencias, dioses y demonios que eran otros tantos obstáculos para poder alcanzar nuevas cimas de progreso y civilización—, hemos seguido siendo fieles a ese antiguo rito que, para fortuna nuestra, comenzaron a practicar los ancestros en el principio de la historia: soñar juntos, convocados por las palabras de otro soñador —hablador, cuentista, juglar, trovero, dramaturgo o novelista—, para de este modo conjurar nuestros miedos y escapar a nuestras frustraciones, realizar nuestros anhelos recónditos, burlar a la vejez y vencer a la muerte, y vivir el amor, la piedad, la crueldad y los excesos que nos reclaman los ángeles y demonios que arrastramos con nosotros, multiplicando de esta manera nuestras vidas al calor del fuego que chisporrotea de esa otra vida, impalpable, hechiza e imprescindible que es la ficción.

El tema de la ficción y la vida es una constante que, desde tiempos remotos, aparece en la literatura, y, además de las obras que ya he citado —el *Quijote* y *Madame Bovary*—, muchas otras lo han recreado y explorado de mil maneras diferentes. Pero acaso en ningún otro autor moderno aparezca con tanta fuerza y originalidad como en las novelas y los cuentos de Juan Carlos Onetti, una obra que, sin exagerar demasiado, podríamos decir está casi íntegramente concebida para mostrar la sutil y frondosa manera como, junto a la vida verdadera, los seres humanos hemos venido construyendo una vida paralela, de palabras e imágenes tan mentirosas como persuasivas, donde ir a refugiarnos para escapar de los desastres y limitaciones que a nuestra libertad y a nuestros sueños opone la vida tal como es.

I. Hacia Santa María

La primera novela de Juan Carlos Onetti, *El pozo,* aparecida en 1939, cuando su autor tenía treinta años, es una novela despoblada, o, mejor dicho, poblada no tanto de personas reales como de fantasmas, seres recordados, inventados o retocados por la imaginación. Su protagonista y narrador, Eladio Linacero, un fracasado, parece haber elegido la mediocridad en un acto de lucidez, para no corromperse, algo que, cree él, le ocurre a la mayoría de los seres humanos. Como no le interesa vivir, sueña. Su historia es, sobre todo, las historias que fantasea, la de Ana María, la chica a la que casi viola en la realidad y que, más tarde, en su imaginación, lo visita y se desnuda para él en una cabaña de una Alaska que viene de otra fantasía literaria: las novelas de Jack London. También están hechos de realidad y de sueño Ester, la puta de los marineros, y Lázaro, el militante comunista. A Eladio Linacero todo le importa un bledo, empezando por él mismo. Es cínico, escéptico, sin entusiasmos, un derrotado por la vida. Lo mantiene vivo fantasear y una sensualidad más soñada que ejercida.

Los críticos han señalado la curiosa semejanza de esta novela con las del existencialismo francés, *La náusea* de Sartre (1938) y *El extranjero* de Camus (1936), que Onetti sólo pudo conocer mucho después. Más que de influencias cabe hablar de coincidencias: Onetti es acaso el primer escritor latinoamericano que percibe y hace suya una orientación de la sensibilidad que, nacida en Francia y denominada en forma vaga y general «el existencialismo» —que no hay que identificar totalmente con la filosofía así llamada—, va a marcar a partir de los años cuarenta toda la cultura de la época. En *El pozo,* como en las primeras novelas de Sartre y Camus, reinan el pesimismo, la soledad y aquella angustia que condena a sus personajes a convertirse en seres marginales, en entredicho existencial con el mundo, individualistas acérrimos y antisociales. Pero, a diferencia del Antoine Roquentin de *La náusea* o de Meursault, el antihéroe de *El extranjero,* Eladio Linacero dispone de un recurso para soportar esa neurosis que lo incomunica con el resto de los seres humanos: la ficción, mundo que, a diferencia del real, puede modelarse a capricho del modelador.

Eladio Linacero tiene cuarenta años, edad, dice, en que todos deberían escribir su autobiografía. Es lo que él hace, aunque aquello que refiere no es un relato objetivo y anecdótico, sino «una historia del alma». Una de las razones de su divorcio con el mundo es que éste, por su horizonte mental pedestre y mezquino, es incapaz de entender la importancia de la ficción para hacer soportable la vida. Él estuvo casado con Cecilia, de la que se ha divorciado. En el juicio de divorcio, salió a relucir que una noche, de improviso, llevó a su mujer a una calle y la hizo caminar, vestida de blanco, tratando de retrotraer un episodio del pasado, cuando eran novios y él la amaba y no había llegado a desilusionarse de la vida. Ni el juez, ni nadie, entiende que aquella representación teatral no era un acto de crueldad, un abuso conyugal, sino una operación de magia simpatética mediante la cual Eladio trataba de resucitar un entusiasmo y una ilusión que habían comenzado a desaparecer en la vida de la pareja por efecto de ese deterioro que oxida todo lo que existe, empezando por los seres humanos.

No es extraño que quien tiene una visión tan lúgubre de la existencia, deteste a los niños y confiese la repugnancia que le inspira la mujer embarazada, símbolo de ese afeamiento tanto físico como moral que el tiempo inflige a la especie. Todos terminan «haciendo concesiones», aceptando cumplir el papel que les impone la sociedad, renunciando a ser auténticos. Linacero se burla del comunista Lázaro, aunque secretamente envidia la fe que lo anima. Cordes, el poeta, debería ser más sensible, pero cuando Linacero le revela las aventuras imaginarias en las que se refugia para escapar de este mundo, se muestra indiferente. Tampoco él lo entiende.

Como en esta realidad sin esperanza no hay dónde ni a quién acudir Eladio Linacero huye a la ficción, hospitalario lugar que puede hacerse y rehacerse con total libertad, dócil a sus apetitos y caprichos de soñador.

Parece mentira que, en 1939, cuando en América Latina la literatura narrativa no acababa todavía de salir del regionalismo y el costumbrismo, con algunas contadas excepciones como las de Roberto Arlt y Jorge Luis Borges, un joven uruguayo de treinta años que no había siquiera terminado el colegio escribiera una novela tan astuta que, además de abrir las puertas de la modernidad a la narrativa en lengua española, sentaría las bases de un mundo novelístico propio, al que sus ficciones posteriores irían enriqueciendo hasta convertirlo en una pequeña «comedia humana»

balzaciana o un mini universo semejante a Yoknapatawpha County de Faulkner.

Desde el primer cuento que publicó, en 1933,
hasta su última novela, aparecida un año antes de su
muerte, *Cuando ya no importe* (1993), es notable la
coherencia de la obra de Onetti, en su cosmovisión,
su lenguaje, sus técnicas y sus personajes. Sus ficciones
pueden leerse como capítulos de un vasto y compacto
mundo imaginario. El tema obsesivo y recurrente en
él, desarrollado, analizado, profundizado y repetido
sin descanso, aparece precozmente perfilado en *El pozo:*
el viaje de los seres humanos a un mundo inventado
para liberarse de una realidad que los asquea.

UN JOVEN VAGO Y SOÑADOR

¿Quién era Juan Carlos Onetti?
Había nacido en Montevideo, Uruguay, el más
pequeño, anodino, igualitario y civilizado país de la
América del Sur de su época, en 1909, hijo de Carlos
Onetti, modesto empleado de un depósito de la Adua-
na y descendiente de un gibraltareño, Pedro O'Nety,
que italianizó su apellido por razones políticas, y de la
brasileña Honoria Borges, criada en Rio Grande do
Sul, cuya familia se trasladó al Uruguay cuando ella era
todavía niña. Los padres se conocieron en un pueblito
fronterizo, se casaron por la Iglesia y tuvieron tres hijos: Raúl, Raquel y Juan Carlos, el menor.

Lo más llamativo de la infancia de Onetti fue
su voraz afición por la lectura, que, en esa típica familia de modesta clase media uruguaya, alentaba el padre. Don Carlos acostumbraba leer a sus hijos en voz

alta, en el comedor, capítulos diarios de las obras de Dumas, Eça de Queiroz y Flammarion.* Escolar desinteresado de las clases, el niño Onetti, en cambio, podía pasar horas y días absorbido en la lectura de Julio Verne y otros novelistas de aventuras. En la única conferencia pública que dio en su vida —en el Instituto de Cultura Hispánica, de Madrid, el 19 de noviembre de 1973— recuerda cómo acostumbraba refugiarse en un viejo y amplio ropero, a leer, acompañado por su gato Miyunga y su hermana Raquel, con la que se llevaba bien, en tanto que a Raúl, el hermano mayor, muy distinto a él, lo oponía siempre cierta tensión. Hacía novillos con frecuencia —los llaman «rabonas» en el Uruguay—, a veces para encerrarse en la biblioteca del Museo Pedagógico a leer o simplemente tumbarse en el muelle a contemplar el mar y los barcos y divagar. A ese vicio infantil por la lectura, añade, «le debo mi miopía».**

En 1922 la familia abandonó la casa montevideana de la calle Dante, donde había vivido los últimos siete años, para mudarse a Villa Colón, entonces una localidad apartada al norte de Montevideo, con

---

* Tomo estos datos sobre la vida de Onetti principalmente de la investigación de María Esther Gilio y Carlos María Domínguez, *Construcción de la noche. La vida de Juan Carlos Onetti*, Buenos Aires, Editorial Planeta, 1993, así como de otros reportajes y rastreos: el libro de Omar Prego, *Juan Carlos Onetti*, Montevideo, Ediciones Trilce, 1986; Jorge Ruffinelli, «Creación y muerte de Santa María», en Juan Carlos Onetti, *Réquiem por Faulkner y otros artículos*, Buenos Aires, Calicanto / Arca, 1976; «Onetti, el fabulador», de Sol Alameda, en la revista de *El País*, Madrid, 1981; la cronología de Hortensia Campanella que aparece en el primer volumen de las *Obras completas* de Onetti (Galaxia Gutenberg / Círculo de Lectores, 2006); Ramón Chao, *Un posible Onetti*, Barcelona, Editorial Ronsel, 1994, y el testimonio de Dolly Onetti, viuda del escritor, quien tuvo la gentileza de conversar conmigo sobre sus recuerdos de Onetti, en el Café Tortoni, de Buenos Aires, en marzo de 2008.

** La conferencia fue publicada en la revista *Cuadernos Hispanoamericanos*, Madrid, núm. 284, 1974.

quintas de recreo, frutales, viñedos y campos vírgenes, que, en los años siguientes, a medida que el lugar crecía y surgían en él fábricas y cantegriles (barriadas o chabolas) y se deterioraba socialmente, se iría convirtiendo en un arrabal pobre de la capital. La razón de la mudanza, según María Esther Gilio y Carlos María Domínguez, fue económica. El alquiler de la casa de la calle Dante subió de 30 a 60 pesos mensuales, lo que resultó excesivo para el presupuesto familiar. En Colón, el joven lector encontró otro lugar idiosincrásico para sus absorbentes lecturas: el fondo de un aljibe, al que su hermano Raúl lo bajaba en un balde, y donde se llevó una sillita de mimbre, una jarra de limonada y un ejemplar del Eclesiastés, libro que dejó fuerte impronta en su memoria y que en su edad adulta citaría a veces para justificar su pesimismo y su visión nihilista de la vida. También de esta época de su adolescencia lo que su memoria evocará en su vejez serán las lecturas. En Colón conoció al esposo de una prima de su padre, un hombre gordo como un tonel que pasaba buena parte de su vida tendido en una cama, leyendo (como haría Onetti en sus últimos años). Tenía una colección completa de Fantomas. Onetti cuenta —exagerando, sin duda, como hacen siempre los fabuladores— que debía recorrer a pie cinco kilómetros para ir a verlo (y otros tantos de regreso a casa), ya que aquel pariente sólo le prestaba, cada vez, apenas un volumen de la serie. Dice que, aguijoneado por el apetito lector, llegó a hacer el recorrido hasta dos veces en un mismo día. Y que, cuando alcanzó el tomo último, descubrió un aviso según el cual «Estas aventuras continúan en las aventuras de la hija de Fantomas», que nunca llegó a ver ni supo si aparecieron.

Onetti abandonó el colegio apenas había empezado el liceo, es decir, la secundaria. Había ingresado a él a duras penas, con una calificación pobrísima —«Regular Deficiente»—, y la explicación de su deserción escolar que dio más tarde, que se debió a «que nunca pudo aprobar el curso de dibujo», no parece muy convincente. Sus biógrafos dan otras razones, no menos extrañas —según una de ellas fue a causa de la depresión que le produjo que un compañero le robara su impermeable en ese primer año del liceo y según otra el terror que le causaban los exámenes—, aunque probablemente la de más peso sean las dificultades económicas de la familia. El abono del ferrocarril para ir de Colón a la ciudad donde estaba el liceo Vázquez Acevedo resultaba una carga y tal vez eso contribuyera a aquella deserción y a que los padres se resignaran a ella. En todo caso, la imagen que estas primeras pistas trazan de ese Juan Carlos Onetti que a sus trece años deja las aulas escolares es la de un muchacho tímido e introvertido, lector apasionado y estudiante remolón, propenso a aislarse en la fantasía, sin otra vocación perceptible que la de refugiarse en la ensoñación y sin otro designio que sobrellevar la vida lo mejor posible, escapando con frecuencia hacia lo imaginario. Según Dolly Onetti, en el colegio recibió lecciones elementales de inglés y francés, que, luego, continuó enseñándose a sí mismo hasta poder leer, desde muy joven, en ambas lenguas, aunque nunca llegó a hablarlas.

Sus biógrafos dicen que su timidez y hosquedad no le impidieron practicar deportes y que de joven jugó basquetbol en el Club Olimpia, hizo remo en el Rowing Club y hasta lanzó el disco y la jabalina en la pista oficial del parque de los Aliados, aunque difícilmente puede uno imaginarse a Onetti descollando en cualquier actividad física al aire libre.

Como sus credenciales para conseguir un empleo eran pobres, los primeros trabajos que consiguió fueron primarios y fugaces, en los que, por lo demás, debió ganar siempre salarios ínfimos. Fue recepcionista de un dentista, empleado en una empresa que vendía neumáticos, albañil, vendedor de entradas en el estadio Centenario, vigilante de una tolva en el Servicio Oficial de Semillas del Banco de la República y mozo de cantina del Ministerio de la Salud Pública del Uruguay. Hasta en estos avatares de juventud, Juan Carlos Onetti contrasta con sus colegas latinoamericanos, escritores casi siempre salidos de las aulas universitarias, profesionales liberales, diplomáticos o funcionarios, en quienes la literatura comenzó casi siempre como un hobby de domingos y días feriados. Su peripecia juvenil estuvo mucho más cerca de la de esos autores norteamericanos, que descubriría muy joven y a los que leería con tanta pasión y provecho, de formación nada intelectual y que aprendieron el oficio de escribidores a la vez que se ganaban la vida con trabajos rudos y manuales, como él.

Sin embargo, en sus años de adolescencia comenzó ya a hacer sus primeras armas de periodista y hasta se dio tiempo para sacar con sus amigos Luis Antonio Urta y Juan Andrés Carril Urta una pequeña revista llamada *La Tijera de Colón*. Salieron sólo siete números, el primero en marzo de 1928 y el séptimo en febrero de 1929.* Los artículos no aparecían firma-

---

* He podido consultar los siete números de *La Tijera de Colón* en la reproducción facsimilar que hicieron de la revista Ediciones El Galeón y L&M Editores (Montevideo, 2001) gracias a la ayuda de Rubén Loza Aguerrebere.

dos, de manera que no hay cómo identificar estos primeros textos periodísticos de Onetti, aunque sin duda a él se debieron algunas de las notas burlonas que abundan en sus páginas. No era una revista literaria sino localista, social, de humor y chismográfica. Entre crónicas sobre el Carnaval, los nacimientos, bodas y compromisos del barrio, hay acertijos, algunos ingeniosos y otros sarcásticos, sobre los vecinos y una columna central, titulada «Nos contó un fantasma», con infidencias y revelaciones sobre las intimidades de las gentes del lugar que debieron irritar a algunos y encantar a los maledicentes. Lo más exitoso de la publicación fue, al parecer, el «Concurso de Belleza y de lo Otro» que organizó *La Tijera de Colón* —los cupones con los votos se depositaban en un ánfora a la entrada del cine Artigas—, en el que, en varios números, aparece luchando por el primer puesto de los feos ¡Juan C. Onetti! La revista murió por razones económicas, pues los anunciadores no pagaban los anuncios que contrataban: el encargado de cobrarlos era el propio Onetti.

En 1930, a los veintiún años, se casa por primera vez, con su prima María Amalia Onetti, y en el mes de marzo de ese año ambos se marchan a Buenos Aires, donde, según contó en aquella conferencia de Madrid, trabajó «en un taller de reparaciones de automóviles y después en una empresa que fabricaba silos para cooperativas agrarias. En aquel tiempo fue cuando empecé a escribir». Trabajaba en un sótano, donde, dos veces por semana, iba un viejecito a darles clases de inglés. Si su testimonio es cierto —sin duda no lo es, pero no importa, pues lo que de veras interesa en la biografía de un escritor es lo que él quiso o creyó que fuera su vida—, su primera ficción habría nacido de la desesperación que le produjo un fin de semana sin poder fumar. En la Argentina de aquellos años estaba prohibida la venta de cigarrillos los sábados y domingos, y la angustia que tuvo aquellos días sin tabaco lo indujo a «escribir un cuento de 32 páginas» para «desahogarse». Este texto fue la primera versión de *El pozo*. Nunca se publicó, pues Onetti perdió el manuscrito en uno de los numerosos viajes que hizo en esos años entre Buenos Aires y Montevideo. Perder manuscritos y concursos literarios parece haber sido uno de sus destinos de juventud. De modo que, según esta versión, el pesimismo y la desesperación de Eladio Linacero no serían otra cosa que la manera que encontró su creador de desfogar la ira y frustración de un fin de semana sin intoxicarse los pulmones de nicotina[*] (toda su vida fue Onetti un fumador empedernido). Según él, reescribió de nuevo *El pozo* años más tarde, en Montevideo, «porque dos amigos habían comprado una Minerva y querían hacer una editorial [...] Rehíce *El pozo* y creo que no había mucha diferencia entre las dos versiones. La publicaron con un falso grabado de Picasso y en papel de estraza».

Sabemos pocas cosas de la vida que llevaron Onetti y su primera mujer en Buenos Aires a comienzos de los años treinta, aparte de esos trabajitos varios y mediocres, que dejan adivinar una vida de privaciones para la joven pareja. Un hecho importante es que en junio de 1931 nace su hijo Jorge, que sería también escritor. A partir de entonces, o acaso ya antes, Onetti había descubierto el cine y las ficciones de la

---

[*] *Cuadernos Hispanoamericanos*, op. cit., 1974.

pantalla debieron convertirse en una diversión apasionada, tal vez la principal después de la lectura, pues sus primeros trabajos periodísticos en la capital argentina fueron unas crónicas de cine, aparecidas en el diario *Crítica,* cuyas puertas le abrió el dramaturgo y periodista Conrado Nalé Roxlo.

El primer cuento de Onetti aparece en el diario *La Prensa* de Buenos Aires, el 1 de enero de 1933: *Avenida de Mayo-Diagonal Norte-Avenida de Mayo.* Sorprende por su modernidad. Es una ficción profundamente arraigada en la ciudad y sin alusión alguna al campo cuya temática y construcción se ciñen ya a lo que será la obsesión de toda su obra: la dialéctica entre realidad y ficción, entre la vida objetiva y la subjetiva. El único personaje de la historia, Suaid, recorre el centro de Buenos Aires y, a la vez, piensa —recuerda o imagina— escenas ficticias, que vienen de lecturas o hechos históricos contemporáneos: episodios evocados de Jack London en Alaska, escenas de guerra en Europa o una muchacha —María Eugenia— a la que vio, va a ver o está inventando. Aunque, en verdad, en el cuento no ocurre nada, muchas cosas ocurren en la memoria o fantasía de Suaid durante su desplazamiento por un paisaje atestado de gente, automóviles y ruidos. El cuento delata una vocación experimental, un empeño por innovar en el dominio de la forma, dando la primacía al plano psicológico y mental sobre la realidad objetiva del mundo exterior. No hay la menor duda de que para entonces Onetti ha leído ya a John Dos Passos y aprendido de éste a fundir en el discurso narrativo el fluir de la conciencia de un personaje y la arrasadora presencia de la ciudad, con sus avisos luminosos, el tráfago callejero y los aplastantes edificios, un paisaje en el que el mundo natural ha sido totalmente abolido. En el pequeño relato con que inicia Onetti su carrera pública de fabulador la influencia del cine —la fuerza de lo visual y los cortes y saltos de tiempo de la edición fílmica— es también evidente.

TIEMPO DE ABRAZAR: ONETTI Y ROBERTO ARLT

Después de *El pozo* Onetti escribió, según confesión propia, a comienzos de la década de los treinta, siempre en Buenos Aires, una segunda novela, llamada *Tiempo de abrazar.* A raíz de esa novela conoció a Roberto Arlt (1900-1942), escritor y periodista argentino que estaba en aquel momento en el pináculo de su popularidad y a quien todos los críticos señalan como una de las influencias literarias importantes en el joven Onetti.

Sobre *Tiempo de abrazar* no sabemos gran cosa y estamos obligados a guiarnos por el testimonio tardío y seguramente poco objetivo del propio Onetti. Según contó en la conferencia autobiográfica de Madrid, un amigo proustiano, a quien apodaban Kostia o Costia —se llamaba Italo Constantini—, le propuso llevar el manuscrito de esa segunda novela a Arlt, a ver si éste lo ayudaba a publicarla. Arlt los recibió en su despacho del diario *El Mundo,* donde aparecían esas *Aguafuertes porteñas* que hacían las delicias del público.

Recuerdo que Arlt estaba sentado en su despacho. Costia a su izquierda y yo frente a Arlt. Entregué el manuscrito y él lo estuvo hojeando, saltándose páginas, y finalmente le preguntó a Costia con aire ingenuo: «Decime, yo no publiqué ningún libro este año, ¿verdad?». Costia le contestó que había amenazado mucho con una nueva novela, pero nunca había cumplido. A continuación Arlt dijo: «Entonces, esta novela es la mejor que se ha escrito en Buenos Aires este año». Y agregó, tuteándome: «Yo te la voy a hacer publicar».

Mi sensación variaba entre insultarlo o mandarme mudar. Pero Arlt me advirtió: «Yo salgo a comprar libros por la calle Corrientes y me basta hojearlos para saber si vale o no la pena comprarlos. Y nunca me equivoqué».

Finalmente Arlt no logró que ningún editor publicara mi novela. *Tiempo de abrazar* fue enviada a concursos literarios. Jamás fue premiada y finalmente se perdió en alguno de mis viajes.[*]

A mediados de los años setenta, en la casa de Raquel, la hermana de Onetti, se encontraron unas noventa páginas de ese manuscrito perdido y ese fragmento fue publicado por la editorial Arca, de Montevideo, y recogido en el primer volumen de las *Obras completas*.

No se sabe dónde ocurre la historia, pero se trata de una gran ciudad, sin duda Buenos Aires, cuyo protagonista, el joven Julio Jason, a la vez que oficinista se codea con intelectuales y académicos, que tienen discusiones sobre fondo y forma en literatura, la técnica de la novela, el compromiso social del artista

---

[*] *Cuadernos Hispanoamericanos,* op. cit., 1974.

y leen exclusivamente a autores europeos, principalmente franceses. Jason es ya un esbozo del personaje onettiano prototípico, algo cínico y proclive a la ensoñación, de una sensualidad secreta e intensa. Piensa en mujeres todo el tiempo y parece enamorado, a la vez, de Cristina y de Virginia Cras, una jovencita de dieciséis años. Aunque todo indica que es un hombre citadino hasta los tuétanos, lanza de pronto una feroz diatriba contra la ciudad y la civilización urbana y un elogio de la vida rural, la que asocia a la salud y a la libertad, algo que resulta poco convincente en boca del oficinista y frustrado intelectual que parece ser.

Pero resumir de este modo los fragmentos conocidos de *Tiempo de abrazar* es traicionarlos, pues, en verdad, se trata de textos verbosos y confusos, sin mayor ilación, cuyo sentido último, si llegaron a tenerlo, se los daba un contexto desaparecido. Lo que nos ha llegado de aquella segunda novela es un ejercicio narrativo, un flujo prosístico en el que un escribidor en ciernes da rienda suelta a un río de palabras en torno a unos vagos bocetos de anécdotas que no se engranan en un conjunto coherente. Este texto resulta ilustrativo sobre el método de trabajo de Onetti, que, como él contaría más tarde, no obedecía nunca a un plan. Escribía siguiendo impulsos del momento, episodios, escenas, descripciones, que luego se iban hilvanando dentro de una cierta continuidad, aunque sin integrarse de manera absoluta. Por eso, algunas de sus novelas parecen hechas de retazos, como esas mantas de los indios norteamericanos que llaman *quilt*, elaborada según la técnica del *patchwork*.

No fue aquélla la única vez que Onetti habló con humor y simpatía de Roberto Arlt. Hasta donde he podido averiguar, no dedicó nunca un artículo o ensayo tan elogioso a ningún escritor argentino, uruguayo o latinoamericano, como lo hizo, aunque siempre parcamente, con escritores norteamericanos o europeos, sobre todo Faulkner, Joyce y Céline. La excepción es Roberto Arlt, sobre el que escribió, para la edición italiana de *Los siete locos,* una semblanza en la que lo llama genio.

El texto es muy onettiano, sobrio, algo hosco, erizado de puyas y malacrianzas, pero transpira simpatía por el personaje de Arlt. Sin dejar de desconocer que «era, literariamente, un asombroso semianalfabeto», pues ignoraba la gramática y solía atropellar la sintaxis, proclama su admiración por «un escritor que comprendió mejor que nadie la ciudad en que le tocó nacer» y dotado de esa compulsiva necesidad de escribir que, para Onetti, era la marca del genuino creador.*

Onetti dice que leyó entre los años treinta y cuarenta *El juguete rabioso* (1926), *Los siete locos* (1929), *Los lanzallamas* (1931) y algunos de sus cuentos (admira *Las fieras* y *Esther Primavera* y desprecia el resto), así como las *Aguafuertes porteñas,* que Arlt publicaba semanalmente en *El Mundo.*

Aunque la supuesta genialidad de Arlt que le atribuyen algunos críticos me deja escéptico —era un pésimo prosista y un desastroso constructor de historias—, lo cierto es que sus novelas de personajes desquiciados y argumentos truculentos y apocalípticos, y su prosa torrencial trufada de expresiones populache-

---

* El texto de Onetti sobre Arlt fue reproducido con el título de «Semblanza de un genio rioplatense» por Jorge Lafforgue (ed.) en *Nueva novela latinoamericana,* vol. 2, Buenos Aires, Editorial Paidós, 1972, pp. 363-377, de donde cito.

ras —el lunfardo— en la que un Buenos Aires en plena expansión urbana e industrial aparece transfigurado en una suerte de Moloch devorador de esa humanidad aplastada por la urbe o en un gigantesco decorado de Hollywood para una superproducción terrorífico-policial, marcaron una frontera novedosa —urbana, expresionista, barriobajera, semifantástica— con la literatura regionalista todavía en pleno auge y, también, con la acicalada, académica y a menudo soporífera literatura urbana ya en pie, de la que el director del suplemento literario de *La Nación,* Eduardo Mallea, era eximio representante.

Caóticas, disparatadas, confusas, delirantes, las novelas de Arlt, de todos modos, denotan una vitalidad enérgica, la personalidad nada convencional, insolente, agresiva, de un novelista que vuelca sus demonios con total impudor, a la manera de esos «malditos» de los que otro escritor admirado de Onetti, Louis-Ferdinand Céline, era la más llamativa versión contemporánea.

Arlt era mejor cuentista que novelista, menos indisciplinado en el estilo y la organización de las historias. En ellas hay muchos elementos que coinciden con el mundo de Onetti. El narrador de las historias de Arlt se comporta como un provocador con el lector y con los personajes, insulta y maltrata a unos y otros y elige para narrar o hacer comparaciones con referencia un tanto viciosa los objetos y motivos más obscenos y escatológicos (pedos, eructos, violaciones, abortos, excrementos), provocaciones que crean unas atmósferas malsanas y grotescas.

Aún más que en las novelas, en los cuentos de Arlt aparece aquella propensión al mal, a mostrar el lado sucio y perverso de la vida, a presentar a ésta como un manicomio, un chiquero o un burdel. Igual que a Onetti, a Arlt lo fascinaban el *macró* —el explotador de mujeres— y la puta que se deja explotar y golpear por aquél, personajes centrales de los mundos de ambos escritores. Uno de los mejores cuentos de Arlt, aparecido por primera vez en libro en *El jorobadito* (1933), es *Las fieras,* que, como *El infierno tan temido* de Onetti, es una pequeña obra maestra sobre la crueldad humana, aquel instinto de destrucción y odio al prójimo, misteriosamente vecino y a veces hasta idéntico al amor, que el romanticismo decimonónico convirtió en tópico literario.

El machismo, con su secuela inevitable, el desprecio y discriminación de la mujer, es también una constante del universo arltiano, donde se repiten las escenas de hombres envalentonados y bestiales golpeando, pateando, insultando y amenazando a mujeres que parecen experimentar un placer masoquista entregando sus vidas (y muertes) a aquellos sádicos.

Es seguro, pues, que, pese a las diferencias, la lectura de Arlt ayudó a Onetti a descubrir su propia personalidad de creador y dejó huellas en su obra. Empezando por el estilo que, ya veremos por qué, podría llamarse «crapuloso». Como lo hará luego Onetti, Arlt fue un escritor agresivo con sus lectores, que además insulta y ridiculiza a sus propios personajes. En *El amor brujo* (1932), por ejemplo, el narrador acusa al protagonista, el ingeniero Estanislao Balder, de actuar con «una incertidumbre de afásico» y de padecer «crisis de estupidez» y ostenta el mismo cinismo pesimista de los narradores de Onetti: «De hecho, estas *demi-vierges,* que emporcaran de líquidos seminales las butacas de los cines de toda la ciudad, se convertían en señoras respetables, y también de hecho, estos cretinos transmutábanse en grandes señores [...] un mes después, un sacerdote granuja, cara de culo y ojos de verraco bautizaba a la criatura [...]».[*]

Pero, acaso, más todavía que en los desplantes del estilo, hay reminiscencias de Arlt en aquella propensión de los personajes de Onetti a abstraerse y escapar de la realidad objetiva en visiones, alucinaciones y fantasías delirantes o pesadillas donde viven una vida alternativa a la real. Erdosain, protagonista de *Los siete locos* y de *Los lanzallamas*, es el más sensible a estas fugas hacia lo imaginario, pero, aunque con menos frecuencia, todos los personajes de aquellas novelas desconectan también de la vida vivida para refugiarse en la vida soñada como lo hará Juan María Brausen en *La vida breve*. La diferencia está, sin embargo, en que la realidad ficticia en el mundo de Onetti es menos sanguinaria, mística, homicida y sadomasoquista que en los febriles delirios de los personajes de Roberto Arlt. Pero ambos conciben la vida como un loquerío sin remedio en el que unos y otros conspiran para explotar, hacer sufrir o matar a los demás y donde la mayoría vegeta en el conformismo más abyecto. Onetti hubiera podido suscribir esta frase de *Los lanzallamas* sobre «la realidad inmunda de los millares de empleados de la ciudad, de los hombres que viven de un sueldo y que tienen un jefe».[**]

---

[*] Roberto Arlt, *El amor brujo*, presentación de Mirta Arlt, Buenos Aires, Los Libros del Mirasol, Compañía General Fabril Editora, 1968, p. 81. Cito siempre por esta edición.

[**] Roberto Arlt, *Los lanzallamas*, Barcelona, Narradores de Hoy, Editorial Bruguera, 1980, p. 247.

También son semejantes el individualismo anárquico y la fascinación de Arlt y la de Onetti por el mundo marginal de rufianes, prostitutas y *macrós*. Tanto en *Los siete locos* como en *Los lanzallamas* Haffner, el Rufián Melancólico, que tiene tres putas que trabajan para él, hace una apología del *cafishio* (o cafiche), acompañada de una feroz diatriba contra las mujeres, que hubiera podido escucharse, o leerse, en Santa María, donde casi todos los varones sueñan con ser explotadores de mujeres a la manera de Larsen, Juntacadáveres. La obsesión por el prostíbulo es asimismo un denominador común en ambos escritores. Pero en Onetti todo ello tiene un horizonte realista, más *terre à terre* que en las pesadillas expresionistas de Arlt, que parecen inspiradas en los turbadores cuadros y caricaturas que el Berlín de los años veinte sugirió a George Grosz.

Tal vez por todo ello, Onetti, que, según confesión propia, siempre vivió «apartado de esa consecuente masturbación que se llama vida literaria», no tuvo reparo en ser amigo, lector y admirador de Roberto Arlt.

En 1933, Onetti se separa de su primera mujer, su prima María Amalia Onetti, y al año siguiente se casa con la hermana de aquélla, María Julia Onetti, inaugurando de este modo su larga lista de enredos matrimoniales (cuatro por lo menos) y amoríos más o menos estables o transeúntes que suscitarían toda una mitología en torno a su persona, al igual que la hosquedad de su carácter, su afición a la bebida, a los bares, a los antros prostibularios y a su fauna marginal y mafiosa. La primera vez que fui al Uruguay, en 1966, Onetti vivía en Montevideo pero me fue imposible verlo —lo había conocido meses antes, en Estados Unidos—, pues, fiel a su fama de hurón intratable, se negaba a recibir visitantes. Eso sí, escuché de boca de casi todos los escritores uruguayos que conocí, desde Carlos Martínez Moreno a José Pedro Díaz, de Ángel Rama a Carlos Maggi y a muchos más, incontables y divertidísimas anécdotas sobre las excentricidades, extravíos y ferocidades supuestas de Onetti en sus relaciones eróticas —sobre todo las que habían jalonado sus amores con la poeta Idea Vilariño—, muchas de ellas sin duda exageradas o inventadas, pero que eran una prueba tangible de la fama de «escritor maldito» que ya se había ganado. Como lo había conocido personalmente, en junio de ese año, en un congreso del PEN Internacional, en Nueva York, no podía imaginar que el autor de aquellas temerarias historias fuera el hombrecillo tímido hasta la mudez y ensimismado que temblaba como el azogue ante la idea de enfrentarse a un micrófono y que, salvo cuando hablaba de algún libro, parecía el ser más desvalido de la creación.* Emir Rodríguez Monegal ha descrito el nacimiento de aquella mitología en torno al personaje Onetti que comienza a cuajar a ambas orillas del Río de la Plata en los años treinta, antes todavía de que su

---

* En la entrevista televisada que le hizo el año 1977 el periodista español Joaquín Soler Serrano (programa *A fondo* de Televisión Española) está admirablemente retratada la persona pública de Onetti: su incomodidad ante las cámaras, su mirada evasiva, la expresión asustada, su fumar nervioso e incesante, y, sobre todo, sus larguísimos silencios que sólo rompe por instantes, con frases cortas y que nunca termina, salidas a duras penas de su boca y como arrancadas por un invisible tirabuzón. Su parquedad, su inseguridad, su modestia, su falta de poses, inspiran ternura, pero, al mismo tiempo, pueden dar una imagen muy equivocada, al espectador que no haya leído sus libros, del otro Onetti: el que, sentado frente al papel, se convertía en un implacable buceador de la condición humana y era capaz de retratarla en sus expresiones más retorcidas.

obra literaria le diera firme sustento: «Una leyenda se iba coagulando lenta pero insistentemente a su alrededor: la leyenda del humor sombrío y del acento un poco arrabalero; la leyenda de sus grandes ojos tristes de enormes lentes tras los que asoma la mirada de animal acosado, con la boca sensual y vulnerable; la leyenda de sus mujeres y sus múltiples casamientos; la leyenda de sus infinitas copas y de sus lúcidos discursos en las altas horas de la noche».[*]

En los años treinta, Onetti vive yendo y viniendo entre Buenos Aires y Montevideo. Al estallar la guerra civil española en 1936, fue a la embajada española e intentó enrolarse en las Brigadas Internacionales para luchar por la República, pero no lo consiguió. Entretanto, los trabajos variopintos van cediendo el lugar al periodismo, en el que adquiere pronto un inequívoco prestigio, pues sólo así se explica que antes de cumplir treinta años —el mismo año que publicó *El pozo*— fuera llamado a ser el secretario de redacción de una nueva revista que tendría larga trascendencia en Uruguay y el resto del continente hispanoamericano.

PERIQUITO EL AGUADOR (1939-1941)

El 23 de junio de 1939 sale en Montevideo el primer número de *Marcha,* un semanario que con los años se convertirá en un órgano de referencia de la izquierda cultural y política en América Latina. Su fundador y director, Carlos Quijano, lideraba entonces,

---

[*] Emir Rodríguez Monegal, prólogo a Juan Carlos Onetti, *Obras completas,* México, Editorial Aguilar, 1970, p. 13.

dentro del Partido Nacional, la Agrupación Nacionalista Demócrata Social, una corriente de izquierda nacida en 1928. Pero el semanario no fue nunca un órgano de partido y, dentro de un horizonte de izquierda, mantuvo siempre una apertura ideológica. Colaboraron en él radicales, demócratas, socialistas, independientes y marxistas. En sus páginas, la cultura tuvo siempre un espacio privilegiado y dirigieron sus páginas culturales intelectuales de valía, entre ellos Onetti, Emir Rodríguez Monegal, Ángel Rama y Jorge Ruffinelli. Tanto como la seriedad con que *Marcha* orientó el debate de ideas y sus análisis de coyuntura histórica y política, la variedad y la excelencia de sus críticas de literatura, teatro, música, plástica y cine, y las polémicas intelectuales que hospedaban sus páginas, contribuyeron a ganarle el respeto y la influencia que ejerció en varias generaciones de lectores.

Juan Carlos Onetti fue el primer secretario de redacción de *Marcha,* entre sus treinta y treinta y dos años. Vivía por entonces en un cuartito del mismo edificio donde empezó a funcionar el semanario —calle Rincón, 593— y Hugo Alfaro ha dejado una vívida descripción de ese lugar: «La pieza de Juan Carlos Onetti [...] barroca de libros, papeles, primus y cama turca, era cocina, alcoba y escritorio, todo al mismo tiempo y sin cambios de escenografía. Allí Onetti había escrito *El pozo* por esos mismos meses, y es impensable que ningún sentido de disciplina pudiera más que el lirismo invasor de aquellas páginas precursoras, capaces de anegar en bohemia al edificio entero [...]».*

---

* *Antología de Marcha (1939),* prólogo y selección de Hugo Alfaro, Montevideo, Biblioteca de Marcha, 1970, p. 9.

Aparte de redactar los sueltos e informaciones anónimas a que lo obligaban sus funciones de secretario de redacción, Onetti escribía también una columna semanal, «La piedra en el charco», que firmaba con el seudónimo de Periquito el Aguador, y que, a partir de 1940, fue reemplazada por unas cartas al director, enviadas por un supuesto Groucho Marx, que siguieron apareciendo hasta su alejamiento de *Marcha,* en 1941, por discrepancias políticas con Carlos Quijano. Estas cartas eran textos humorísticos, comentando sucesos locales y noticias de la guerra mundial, discursos de Churchill, la manera como repercuten en Uruguay y en América Latina los acontecimientos de Europa. La vena es más ácida que risueña y una constante es la ridiculización del provincianismo y el espíritu de campanario. Se nota que muchas veces tuvo que forzarse a escribir esas cartas de Groucho Marx y que lo hacía sin entusiasmo, por cumplir, como la carta dedicada de principio a fin a explicar que no puede escribirla porque carece de tema. Onetti no era un humorista, detrás de la sonrisa aparecía siempre una mueca amarga. Escribió también, según Hugo Alfaro, cuando no disponía de material suficiente, «narraciones fragmentarias pero atribuyéndolas —porque su propio nombre nada significaba todavía— a escritores norteamericanos de fingida existencia, cubriendo así alguna página en blanco».[*]

En cambio, las pedradas en el charco —el título de la columna es todo un programa— de Periquito el Aguador son reveladoras sobre las ambiciones y las fobias del joven treintañero que acaba de iniciar, con

---

[*] Hugo Alfaro, op. cit., p. 10.

la publicación de *El pozo,* su aventura literaria. A la vez que reclama una «literatura nacional», sus columnas zahieren sin piedad a los escritores uruguayos que abusan del color local y del pintoresquismo rural y gauchesco, sin conocer a fondo, a través de vivencias personales, el mundo campesino:

Los pocos datos que tenemos del concurso de cuentos que organizó *Marcha* parecen indicar una gran mayoría para aquellos trabajos cuyo argumento se desarrolla en el interior del país. Imaginamos profusión de autóctonos «ahijuna», «velay», «pangaré» y chinas querendonas con acampanadas faldas de color de cielo y moñitos en las pesadas trenzas. Las cuales trenzas ostentan el reflejo azulado que parece inseparable del ala de todo cuervo que se respete y ame la tradición.

Pero hablemos con calma y precisamente, ya que estamos en una tierra donde todo el mundo se sabe el centro del universo y recoge como ataque directo y personal cuanta opinión no coincida con su estética de uso privado. Declaramos en voz alta —para que se nos oiga en toda la orilla del charco que apedreamos semanalmente— que si Fulano de Tal descubre que el gaucho Santos Aquino, de Charabón Viudo, sufre un complejo de Edipo con agregados narcisistas, y se escribe un libro sobre este asunto, nos parece que obra perfectamente bien.

Pero muy bien. Lo único que rogamos a Fulano de Tal es que haya vivido en Charabón Viudo, en mayor o menor intimidad con el paisano Aquino y su torturante complejo.

Lo malo es que cuando un escritor desea hacer una obra nacional del tipo de lo que llamamos «literatura nuestra», se impone la obligación de buscar o construir ranchos de totora y velorios de angelitos y épicos rodeos. Todo esto, aunque él tenga su domicilio en Montevideo.*

La crítica a la literatura de raíz folclórica reaparece en la nota necrológica que escribe Onetti en el número 6 de *Marcha* (28 de julio de 1939) con motivo de la muerte de Carlos Reyles, cuyas obras «nacionales» *Beba* y *El terruño* le parecen «un Uruguay visto por un espíritu extranjero [...] La figura heroica del caudillo en *El terruño* [...] es puramente intelectual, artística, en el sentido de irrealidad que lleva el término. Una montonera épica tratada por un esteta, absurdamente distante de lo que el caudillo y las patriadas fueron en este país».

La «persecución del color local» produce una literatura artificiosa e incolora, de «estanciero», que ve desde muy lejos y superficialmente la realidad que intenta describir. Por eso, dice Onetti, «estamos en pleno reino de la mediocridad. Entre plumíferos sin fantasía, graves, frondosos, pontificadores con la audacia paralizada. Y no hay esperanza de salir de esto. Los "nuevos" sólo aspiran a que alguno de los inconmovibles fantasmones que ofician de papás les diga alguna palabra de elogio acerca de sus poemitas».**

En cambio, en el número 23, del 24 de noviembre de 1939, tiene palabras de elogio para una

---

* Estos artículos de Onetti en *Marcha* fueron recopilados y publicados con un prólogo por Jorge Ruffinelli, en Juan Carlos Onetti, *Réquiem por Faulkner y otros artículos*, Buenos Aires, Arca / Calicanto, 1976, libro del que cito, pp. 27 y 28.
** Juan Carlos Onetti, *Réquiem...*, op. cit., pp. 30-31.

novela de Francisco Espínola, *Sombras sobre la tierra*, que se acaba de reeditar. Esa novela «demostró que era posible hacer una novela nuestra y profundamente nuestra, sin gauchos románticos ni caudillos épicos; y trajo hacia nosotros un clima poético, sin retórica, que emana de sus personajes y sus lugares, sin esfuerzo, revelando la esencia angélica de los miserables». Espínola ha sabido situar su novela en el terreno «donde tiene lugar la aventura humana y su absurdo».

Las críticas a la literatura folclórica y telúrica no van dirigidas contra la idea de una literatura nacional. Por el contrario: rechazan aquélla porque le parece una literatura importada e insincera, que en nombre de lo pintoresco sacrifica la realidad profunda del país. Lo que falla, por lo demás, no es sólo la visión; es también el lenguaje: «Pero no hay aún una literatura nuestra, no tenemos un libro donde podamos encontrarnos. Ausencia que puede achacarse al instrumento empleado para la tarea. El lenguaje es por lo general un grotesco remedo del que está en uso en España o un calco de la lengua francesa, blanda, brillante y sin esperanzas. No tenemos nuestro idioma; por lo menos no es posible leerlo. La creencia de que el idioma platense es el de los autores nativistas resulta ingenua de puro falsa. No se trata de tomar versiones taquigráficas para los diálogos de los personajes. Esto es color local, al uso de los turistas que no tenemos. Se trata del lenguaje del escritor; cuando aquél no nace de su tierra, espontáneo e inconfundible, como un fruto del árbol, no es instrumento apto para la expresión total. No hay refinamiento del estilo capaz de suplir esta impotencia ingénita».[*]

---

[*] Juan Carlos Onetti, *Réquiem...*, op. cit., pp. 18-19.

Las diatribas contra el provincianismo intelectual alcanzan nuevas cimas en una columna titulada «Exportando talento», del 8 de septiembre de 1939. En ella se burla de «el señor Armando Pirotto, eminente historiador que en sus ratos de ocio desempeña las funciones de diputado» y que, en «un libro sensacional», «aclara los orígenes de la famosa noche de San Bartolomé, que ensangrentó la capital de Francia».

Onetti, a sus treinta años, pese a que sus intenciones son muy certeras respecto a lo que quiere ser y hacer como escritor, no ha advertido aún que su idea de una literatura «nacional» es una contradicción en sí misma y que todo empeño en fabricar una literatura «nacionalista» desemboca fatalmente en el género de literatura pintoresca y hueca, de adorno y espectáculo, que tanto desprecia. Tal vez haya que entender, cada vez que Periquito el Aguador reclama una literatura «nuestra» y «nacional», simplemente una exigencia de autenticidad, una literatura que resulte una suerte de catarsis, en la que el escritor explore y vuelque su intimidad como lo hacen esos escritores a los que cita con respeto y admiración: Knut Hamsun, James Joyce y Louis-Ferdinand Céline, a quienes contrasta con los escritores locales «de estilo desinfectado». En otra columna lamenta que entre los escritores uruguayos nadie haya querido seguir el ejemplo de «Céline, Faulkner, Hemingway y tantos otros».[*]

Es interesante, asimismo, ver cómo el joven Onetti alerta contra la literatura que quiere ponerse al

---

[*] Juan Carlos Onetti, *Réquiem...*, op. cit., p. 19. Todas las citas proceden de esta edición.

servicio de una causa política, por más noble que ésta sea, por ejemplo la lucha contra el fascismo o a favor de la revolución, porque «al torrente de la reacción no lo van a detener con diques de papel» (p. 37). Y he aquí su definición ideal del escritor, en la que aletean reminiscencias románticas: «Cuando un escritor es algo más que un aficionado, cuando pide a la literatura algo más que los elogios de honrados ciudadanos que son sus amigos, o de burgueses con mentalidad burguesa que lo son del Arte, con mayúsculas, podrá verse obligado por la vida a hacer cualquier clase de cosa, pero seguirá escribiendo. No porque tenga un deber a cumplir consigo mismo, ni una urgente defensa cultural que hacer, ni un premio ministerial para cobrar. Escribirá porque sí, porque no tendrá más remedio que hacerlo, porque es su vicio, su pasión y su desgracia» (p. 36).

Eso es, pues, lo que defiende y ataca en literatura el joven que está publicando en esos meses su primera novela. Un severísimo objetor de la literatura nativista y un apasionado promotor de la autenticidad, que lee con fervor a la novela norteamericana, francesa e inglesa, y tiene a Joyce —lo dice en la columna que escribe con motivo de su muerte— como modelo supremo: «Basta leer el *Retrato del artista adolescente* o las primeras páginas del *Ulises* [...] para saber de una vez por todas que no hay escritor viviente capacitado para juzgar a Joyce como artista literario». El aporte del irlandés a la literatura le parece, «con el de Marcel Proust, el más grande que haya sido hecho por un solo escritor. Hablamos —ya lo sabían ustedes— del monólogo interior [...]» (p. 67). Sobre Marcel Proust, otro de sus autores admirados, llegó a decir alguna vez que si se le daba a escoger entre toda la literatura latinoamericana y *À la recherche du temps perdu,* se quedaba con Proust.* No hay la menor duda: el joven montevideano autor de *El pozo* es uno de los primeros escritores latinoamericanos en estar, en lo que a lecturas e ideas sobre la novela se refiere, en la vanguardia literaria mundial.

Curiosamente, este escritor tan internacional y cosmopolita en sus lecturas, que se burla de Enrique Larreta y elogia a muy pocos latinoamericanos —las excepciones son dos argentinos que se han alejado del campo y hacen novela urbana: Eduardo Mallea y Roberto Arlt— y que se jacta de un individualismo insobornable («Hay un solo camino. El que hubo siempre. Que el creador de verdad tenga la fuerza de vivir solitario y mire dentro suyo. Que comprenda que no tenemos huella para seguir, que el camino habrá de hacérselo cada uno, tenaz y alegremente, cortando la sombra del monte y los arbustos enanos» [pp. 30-31]), propone al mismo tiempo una novela que sea un fiel retrato de la nación:

Entretanto, Montevideo no existe. Aunque tenga más doctores, empleados públicos y almaceneros que todo el resto del país, la capital no tendrá vida de veras hasta que nuestros literatos se resuelvan a decirnos cómo y qué es Montevideo y la gente que la habita [...].

Es necesario que los literatos miren alrededor suyo y hablen de ellos y su experiencia. Que acepten las tareas de contarnos cómo es el alma de su

---

* Ramón Chao, *Un posible Onetti,* Barcelona, Editorial Ronsel, 1994, p. 266.

ciudad. Es indudable que si lo hacen con talento, muy pronto Montevideo y sus pobladores se parecerán de manera asombrosa a lo que ellos escriban (p. 28).

En verdad, la última frase es ambigua y contradice discretamente todo el pensamiento anterior y absuelve a Onetti de haber incurrido en el pecado mortal de la literatura nacionalista y patriotera. Porque, en efecto, no son las novelas las que imitan a las ciudades (sólo las malas novelas tratan de hacerlo y por eso fracasan) sino las ciudades las que terminan imitando a las grandes novelas que fingen imitarlas y en verdad las inventan.

Al apartarse de *Marcha,* en 1941, Onetti entra a trabajar a la Agencia Reuters, en una oficina que esta agencia de prensa abrió en Montevideo, en la plaza Cagancha. Manuel Flores Mora, periodista que trabajó con él en ese empleo, ha dejado un boceto de ese joven «de enfermiza timidez», «extremadamente delgado, en mangas de camisa, con una cara de una fealdad atípica» al que «durante varios días ni yo ni los demás compañeros de Reuters conseguimos escucharle la voz». Por fin, cuando logró charlar con él, descubrió que era un intenso lector que, entre otros autores, le recomendó sobre todo al norteamericano Upton Sinclair.* Poco después, Onetti fue trasladado por la Agencia Reuters a Buenos Aires, donde residiría los próximos catorce años. Allí trabajó, luego de Reuters, en las revistas *Vea y Lea* e *Ímpetu,* así como en agencias de publicidad. En

---

* Manuel Flores Mora, «Onetti y los delfines de Reuters», en *Jaque,* Montevideo, 13 de septiembre de 1985, p. 3.

la gran metrópoli platense terminaría de inventar un mundo al que, luego, se iría pareciendo cada vez más no sólo Montevideo, también Buenos Aires.

TIERRA DE NADIE (1941)

La segunda novela de Onetti —tercera, si se cuenta la extraviada *Tiempo de abrazar*—, *Tierra de nadie,* se publica en 1941, dos años después que *El pozo.* Parece un crucigrama en el que, a diferencia de éstos, nunca se arma una figura final que dé sentido a las partes. Los fragmentos que la componen no se integran en un todo coherente. Los críticos han señalado la influencia de James Joyce y de John Dos Passos en este libro, pero yo no advierto ni por asomo la presencia del primero. Sí, en cambio, la de Dos Passos, sobre todo de *Manhattan Transfer,* una novela cuyo personaje central es la ciudad de Nueva York. La sucesión de pequeños episodios inconexos es muy semejante, pero en *Tierra de nadie* tampoco acaban de coaligarse para constituir un gran fresco de la urbe. Espasmódico y protoplasmático, el libro es una sucesión de cuadros sin denominador común.

Ocurre en Buenos Aires, al comienzo de la Segunda Guerra Mundial, y está lleno de referencias al fascismo, a Hitler, a Stalin, a Trotski, pero de manera pasajera y retórica. El personaje más político, Llarvi, es un intelectual revolucionario, un comunista con ribetes ácratas y hasta simpatías trotskistas (así de enredado). En la solapa de la primera edición, Onetti escribió que en esta novela había querido presentar a una generación que, a mi juicio, reproduce, veinte años después, la europea de la posguerra. Los viejos valores morales fueron abandonados por ella y todavía no han aparecido otros que puedan sustituirlos. El caso es que en el país más importante de Sudamérica, de la joven América, crece el tipo del indiferente moral, del hombre sin fe ni interés por su destino. Que no se reproche al novelista haber encarado la pintura de ese tipo humano con igual espíritu de indiferencia.

No sé si es cierto que aquel tipo humano estuviera efectivamente generalizándose en las orillas del Río de la Plata a fines de los años treinta, pero el apelativo de «indiferente moral» es una exacta definición del personaje onettiano, el antihéroe aparecido ya en *El pozo,* encarnado en Eladio Linacero, y que seguirá apareciendo luego en los Brausen, Larsen, Díaz Grey y casi todos los personajes centrales de sus cuentos y novelas, individuos que miran el mundo y se miran a sí mismos con un desinterés metafísico, cuando no con desprecio.

Los personajes de *Tierra de nadie* son borrosos, descastados y marginales. Aquí aparece por primera vez Larsen (el futuro Juntacadáveres de Santa María), como gánster y mafioso. Mediocres, fracasados, cínicos, amargados, ahogan su frustración en alcohol y sexo. El que tiene más perfil es Aránzuru, el más onettiano de todos, un abogado que abandona su estudio y su posición para degradarse, yéndose a vivir con una prostituta que lo mantiene. Es el primero de los personajes que vive la tentación romántica, maldita y baudelairiana, recurrente en los héroes de Onetti: convertirse en un explotador de mujeres, en un *macró*. También es profundamente onettiano el sueño que acaricia: retirarse a una isla desierta de la Polinesia, Faruru, fantasía que, lo sabe muy bien, nunca se cumplirá. Los diálogos, abundantes, son inferiores a las descripciones, rápidos, lacónicos, forzados aunque de buena prosa. El exceso de oscuridad —datos escondidos elípticos y sobreentendidos maniáticos— crea una atmósfera pero frustra una historia que carece de sentido y de rumbo.

LA PRIMERA OBRA MAESTRA: *UN SUEÑO REALIZADO* (1941)

Ese mismo año de 1941, Onetti publicó su primera obra maestra: *Un sueño realizado*. Antes de ser un gran novelista, Onetti fue un soberbio cuentista, comparable, en sus mejores relatos —*Bienvenido, Bob; El infierno tan temido; Esbjerg, en la costa; Jacob y el otro,* entre ellos—, a los más grandes cuentistas de la literatura contemporánea: Borges, Rulfo, Scott Fitzgerald, Faulkner.

También *Un sueño realizado* se desenvuelve alrededor del tema central de Onetti, como insinúa el título: la dialéctica entre la realidad y la ficción. Una mujer paga a un empresario teatral para que reconstruya un sueño que ha tenido y que la ha hecho feliz. A su vez, Langman, el empresario y narrador de la historia, contrata a Blanes, un actor borrachín, a una muchacha de la calle y a un automovilista para que representen en el escenario lo que la mujer soñó. Al final de la representación, ésta ha muerto. ¿Se mató?

¿La mató el sueño? ¿Estaba este dramático final en lo que ella soñó? Es uno de esos secretos que constelan las ficciones de Onetti. Saberlo no tiene mayor importancia, porque lo que da todo su sentido a la historia es el afán de escapar de la realidad a la fantasía, de incrustar ésta en la realidad, como consiguen hacer los sabios conspiradores del cuento de Borges *Tlön, Uqbar, Orbis Tertius.* Quien narra *Un sueño realizado* es Langman, muchos años después de lo ocurrido, cuando es ya una ruina humana, recluido en un asilo para actores y gente de teatro.

Mario Benedetti, en el prólogo de la primera recopilación de cuentos de Onetti[*], dio una lectura fantástica a este relato. Según él, la muerte de la mujer «completa» el sueño que tuvo; es decir, lo onírico irrumpe de pronto en la realidad objetiva, al revés de lo que suele ocurrir en la literatura fantástica, en la que el mundo real acostumbra diluirse en un ámbito imaginario. Si ocurre efectivamente así —no hay manera de comprobarlo— en *Un sueño realizado* es algo excepcional, porque, y es una de las originalidades de Onetti, en su obra los planos objetivo y subjetivo de la realidad —lo vivido y lo soñado, la vida de verdad y la vida de ficción— están siempre descritos con autonomía, y cuando ambas cosas se solapan, como al final de *La vida breve,* queda flotando una incertidumbre que permite una interpretación realista de las ocurrencias fantásticas. Por eso, yo no situaría a Onetti entre los escritores fantásticos sino en la gran tradición de la literatura realista, aunque no naturalista,

* Juan Carlos Onetti, *Un sueño realizado y otros cuentos,* Montevideo, Número, 1953.

una literatura cuya concepción de la realidad, totalizadora, incluye lo soñado y fantaseado como partes esenciales de la experiencia humana. A diferencia de otros escritores de sesgo imaginario, en Onetti lo fantástico no reemplaza a la vida, la intensifica o sutiliza añadiéndole una dimensión que la hace más llevadera para los seres humanos.

PARA ESTA NOCHE (1943)

Para esta noche (1943) es la mejor de las tres primeras novelas de Onetti, sin ser del todo una novela lograda. Tiene una organización más sólida, menos suelta que las dos anteriores. Ésta sí acusa ya una fuerte influencia de Faulkner, no del todo asimilada aún, en sus frases laberínticas llenas de recurrencias, metáforas, imágenes poéticas, que a menudo paralizan y eclipsan la acción. Y también hay rastros en ella de la afición de Onetti por la novela policial, principalmente en su variante norteamericana —Raymond Chandler y Dashiell Hammett, sobre todo—, con sus suspensos, enigmas, incertidumbres y tipos marginales, fríos y violentos.

La novela se iba a llamar originalmente *El perro tendrá su día,* pero, según Onetti, en aquellos días Juan Domingo Perón acababa de capturar el poder en Argentina y el editor temió «que el nuevo dictador podía tomarlo por un ataque contra él». Entonces, copiándose el título de la rúbrica de espectáculos del diario *Crítica,* le puso *Para esta noche.*[*] La historia está inspirada, según el propio Onetti, en un testimonio

---

* Ramón Chao, op. cit., p. 176.

que escuchó de dos anarquistas, uno español y otro italiano, sobre los últimos días de la guerra civil española, en Valencia*, la ciudad cercada por Franco y los nacionales y en la que los divididos republicanos, sobre todo comunistas y anarquistas, seguían entrematándose antes de ser arrollados del todo por los fascistas. Esa atmósfera de zozobra, caos, arreglos de cuentas intestinos y violencia fanática, está muy bien recreada en la novela. No ocurre en Valencia, como han dicho algunos críticos, pues todos los personajes de la historia hablan como argentinos (mejor dicho porteños), sino en un Buenos Aires de pesadilla.

La acción está centrada en Ossorio, dirigente de un partido, sin duda el comunista, a punto de ser liquidado por sus adversarios y por los enemigos que cercan la ciudad. Ossorio trata de escapar, circulando por una ciudad en sombras, devastada por el miedo y la violencia. Tiene un pasaje para un barco, el *Bouvier,* y papeles falsos, pero morirá antes de tomarlo tratando de proteger a Victoria, una adolescente, hija de un ex camarada al que ha delatado a la policía y entregado a la muerte. Victoria responde a un prototipo que reaparece una y otra vez en el mundo de Onetti: la niña núbil, aún no maculada por la corrupción física y moral de la que nadie se libra, a la que el antihéroe onettiano ama y odia por igual, ganado a veces por la ternura hacia ese ser inocente, y, otras, excitado y soliviantado con alguien que niega lo que él es y al que por eso mismo quisiera ver destruido.

---

* Recordemos que Onetti, en uno de sus escasos entusiasmos políticos, había intentado enrolarse como voluntario en el bando republicano. Años antes, quiso visitar la Unión Soviética, también sin conseguirlo.

Sin embargo, el personaje más vigoroso de *Para esta noche* no es Ossorio sino Morasán, el policía, torturador y asesino, que parece salido de una de esas novelas o películas negras que le gustaron tanto a Onetti toda la vida.

Pese a su anécdota política, la novela no es ideológica. En ella se ignoran las doctrinas que defienden u odian los protagonistas. Lo que queda es el *thriller*. Tiene momentos de tensión y dramatismo, sobre todo al final, pero la daña la palabrería, manto retórico que se entromete como una pantalla entre el lector y la acción, vaciando a ésta de vigor y de sustancia, disolviéndola en párrafos, a veces páginas, de exhibicionismo verbal. Éste será un pecado, a veces venial, a veces mortal, en la obra de Onetti, como lo fue también en la de su maestro Faulkner. Pero en esta novela se advierte que Onetti está en la buena dirección, a punto de encontrar su propia voz, después de varias tentativas novelescas sólo a medias logradas.

EDUARDO MALLEA Y ONETTI

Para esta noche (1943) está dedicada a Eduardo Mallea (1903-1982). Es difícil imaginar un escritor más distinto del uruguayo que este novelista argentino al que, en el año de esa dedicatoria, el ámbito cultural rioplatense leía con más entusiasmo que a ningún otro. No existía mayor relación entre ambos, de modo que lo que parece haber motivado aquella dedicatoria fue el respeto que sentía Onetti en esa época por el autor argentino más leído y discutido de aquel periodo. Hoy nos resulta difícil admitirlo porque la estrella de Mallea se ha apagado y apenas si tiene lectores: su eclipse ha sido tan rápido como fue su precoz apogeo.

Aunque había iniciado su carrera literaria en 1926 con *Cuentos para una inglesa desesperada* y publicado luego ensayos y la novela *Nocturno Europeo* (1935), el libro que hizo famoso a Mallea fue *Historia de una pasión argentina* (1937), ensayo y autobiografía intelectual en la que describía su país dividido entre una Argentina «visible» y una «invisible», en la que aquélla representaba lo superficial y lo postizo, lo materialista y lo frívolo, y ésta la profunda, la sustancial, la idealista y pura, guardiana inconsciente de los valores espartanos y generosos de los fundadores de la nacionalidad. Miembro del consejo de redacción de la revista *Sur*, director por muchos años del suplemento literario del diario *La Nación*, de enorme influencia en la vida literaria argentina —donde se publicaron varios cuentos de Onetti—, y ganador de todos los premios y distinciones culturales importantes, Mallea fue uno de los mandarines más reconocidos en la Argentina en los años que Onetti vivió en Buenos Aires y sin duda alentó los primeros esfuerzos literarios de éste.

No podían ser más ajenos el uno al otro. El argentino, en la cumbre de su popularidad y prestigio; el uruguayo, un desconocido en el mundo de las letras, cuyas primeras novelas y cuentos —que publicaba con dificultad y que perdían todos los primeros premios en los concursos a los que se presentaba— pasaban desapercibidos. Pero, aparte de la situación que ocupaban en el escalafón literario, las diferencias eran todavía más marcadas en lo que concierne a la manera como entendía cada uno su oficio de escritor.

El estilo de Mallea es castizo, tradicional, inflado y arrogante, luce su elegancia como una *cocotte* su abrigo de pieles y se escucha a sí mismo con coquetería y embeleso. Alcanzó en *Historia de una pasión argentina* su mayor perfección, con lo cual, sin que el propio Mallea pudiera sospecharlo, se convirtió en el mejor ejemplo de esa manera de fingir y representar, de reemplazar por el gesto y el relumbrón la auténtica realidad, que el ensayo reprocha a los argentinos «visibles», a diferencia de esos argentinos «invisibles» —sobrios, parcos, genuinos— que Mallea dice haber encontrado como exiliados dentro de su propio país en sus correrías por el interior.

El ensayo de Mallea es confuso y peca de excesivamente abstracto —en el sentido de palabrero—, pero lo que lo hace anticuado y rancio es sobre todo el amaneramiento pretencioso con que discurre su pensamiento, un lenguaje más cerca del fósil y del museo que de esa «vida» que tan perentoriamente reclama de sus compatriotas para recobrar «la argentinidad invisible». Aun en sus versiones estetizantes, el nacionalismo, que, en el fondo, es el sustrato ideológico de este ensayo, estaba en las antípodas de Onetti, quien, como hemos visto en sus columnas de *Marcha,* había dicho con claridad el desdén que sentía hacia el regionalismo, el costumbrismo y el nacionalismo en general. La prosa de Onetti, por otra parte, sería exactamente el reverso de la de Mallea: anticonvencional y vacunada contra los lugares comunes —estéticos, morales o políticos—; cargada de virulencia contra la vanidad y la complacencia; seca, fría y funcional, enteramente al servicio de lo que contaba. En Mallea es al revés: las historias y sus personajes parecen al servicio de quien escribe y sobre todo de la manera como escribe. (Aurora y Julio Cortázar, una noche, en su casa de la Rue du Général Beuret, en París, me juraron que Mallea estampó en una novela, para decir que un personaje encendía la luz: «Trocó la cerrazón en luz eléctrica». Tal vez era una invención, pero cualquiera que lee hoy a Mallea comprende que aquella invención podía ser cierta.)

Y, sin embargo..., pese a ser tan diametralmente distintos, en algo están bastante cerca. En *Historia de una pasión argentina,* cuando traza la distinción entre una Argentina visible y otra invisible, Mallea precisa que la primera, la oficial, es inauténtica, conformada por hombres que han olvidado los fines y viven hipnotizados por los medios —el éxito, la fortuna, el poder, la figuración—, en tanto que la segunda, refugiada sobre todo en el interior (el *hinterland,* dice Mallea), el campo, la provincia, ha conservado la autenticidad, la integridad, la pureza e intenciones de los fundadores de la nación. Lo que ha destruido moralmente a los argentinos «visibles» es la necesidad de fingir, de representar ciertos roles, ciertas funciones, lo que los ha convertido en meras ficciones, vaciado de su auténtico ser, de su condición genuina. En las novelas y cuentos de Onetti hay siempre la diatriba contra el ser inauténtico, el que «representa» un papel —social, cultural o político—, lo que ha hecho de él alguien ridículo o despreciable, un traidor a sí mismo, personaje que, por ejemplo, en *La vida breve* está personificado por Mac-Leod, el publicista, símbolo odioso de todos los hombres de éxito y de poder que circulan por el universo de Santa María y que parecen los funámbulos de una Comedia del Arte antes que seres humanos.

¿Influencia o coincidencia? Como el libro de Mallea es anterior a la primera novela de Onetti, tal vez se pueda hablar de lo primero, aunque la noción de influencia tendría que matizarse, subrayando que, al igual que en el caso de Arlt, lo probable es que Mallea, pese a ser tan distinto de temperamento y designio, ayudara a Onetti a precisar una idea que de manera un tanto vaga anidaba en él, y que sería luego una de las piezas maestras de su mundo imaginario. Acaso aquella dedicatoria de *Para esta noche* fuera un secreto reconocimiento a Mallea por aquel involuntario servicio que le prestó en los albores de su carrera literaria.

SEGUNDA OBRA MAESTRA: *BIENVENIDO, BOB* (1944)

Su segunda obra maestra será también un cuento, publicado al año siguiente: *Bienvenido, Bob* (1944). Magnífica y atroz historia, condensada con soberbia medida y escrita con insuperable perfección, en un estilo denso e intenso a la vez que luminoso, en el que nada falta y nada sobra para fascinar y abrumar al lector. El relato es una síntesis acabada de la visión del mundo de Onetti, pesimista y sarcástico, inteligente y desesperado, lúcido y misógino. El narrador innominado, que había envidiado la juventud y el ímpetu idealista del apuesto Bob, hermano de Inés, la noviecita que lo largó, sin duda por la oposición de Bob a que su joven hermana se casara con un viejo, celebra en secreto su venganza, viendo, al cabo de los años, la vejez, la ruina física, el fracaso profesional y vital de Bob, a quien da la bienvenida «al tenebroso y maloliente mundo de los adultos». La ruina y decadencia de Bob personifica la de todos los hombres en el universo de Onetti, que, pasada la juventud, comienzan a convertirse en parodias de sí mismos, seres sin alma, cínicos, corrompidos, mimando unos roles que les imponen los otros.

La maestría técnica la alcanzó Onetti antes como cuentista que como novelista. Tanto en *Un sueño realizado* como en *Bienvenido, Bob,* la perfecta fusión del estilo y la estructura del relato revelan a un escritor dueño ya de sus medios expresivos y dotado de un instinto certero para organizar una historia y materializarla en el lenguaje más eficaz. En ambos el punto de vista es el de un narrador-personaje, ese intermediario que, casi siempre, será el eje de las historias de Onetti, un protagonista o un testigo que revela, oculta o descoloca los datos con sabiduría para despertar la expectativa, relativizar la anécdota impregnándola de incertidumbre y de ambigüedad, y administrar esos secretos que rondan por los cuentos y novelas dejándonos la sensación de que nunca llegamos a conocer de veras todo lo que pasó, de que leemos sólo una parte de la historia.* También en la invención del tiempo muestra Onetti en estos relatos una destreza sin fallas. El suyo es un tiempo lento, psicológico y proustiano, laberíntico y destructivo, que avanza muy despacio, se revuelve sobre sí mismo, se detiene o retrocede para resucitar episodios del pasado y luego sal-

---

* Lucien Mercier tiene dos ideas muy exactas sobre los cuentos de Onetti que valen para el conjunto de su obra: que en sus historias hay siempre un secreto, que hace las veces de eje narrativo, y que en la estructura de las historias hay siempre uno o varios narradores que dan «multiplicidad de versiones, incompletas o hipotéticas», de lo que ocurre, a través de las cuales van surgiendo las siluetas de los protagonistas. Lucien Mercier, «Juan Carlos Onetti en busca del infierno», en Helmy F. Giacoman (ed.), *Homenaje a Juan Carlos Onetti. Variaciones interpretativas en torno a su obra,* Long Island City, Nueva York, 1974, pp. 225-234.

ta de nuevo hacia delante. Un tiempo que, cuando la historia termina, nos da la sensación de que gira en redondo, como una eternidad sofocante.

La década de los cuarenta no es la más fecunda en la obra de Onetti, pero los largos paréntesis de silencio están compensados por la aparición de algunas historias cortas de consumada perfección. *Esbjerg, en la costa* (1946), publicada un par de años después de *Bienvenido, Bob,* es otra de ellas. La danesa Kirsten, presa de la nostalgia, va al puerto de una ciudad del Río de la Plata a ver los barcos que salen a Europa. Vive con Montes, un pobre diablo que, tratando de conseguir el dinero que costaría un pasaje de Kirsten a Dinamarca, estafa a su jefe, en la oficina de apuestas hípicas en la que trabaja. Pierde todo el dinero y debe devolverlo trabajando sin recibir sueldo hasta cubrir la suma que estafó. Resumido así, el relato no es ni sombra de lo que es leído, porque, como ocurre con las buenas creaciones literarias, lo importante en él no es lo que ocurre sino cómo ocurre. La manera en que está contada la historia consigue que lo que ella cuenta sea dramático, tierno, apasionante, sutil, desolador. También en esta historia el narrador es un intermediario, un personaje narrador, el irascible vomitador de invectivas (uno de los mejores exponentes del estilo crapuloso que Onetti irá perfeccionando de ficción en ficción), el innominado jefe de Montes, a quien éste robó los tres mil pesos que perdió en las carreras. La historia de Kirsten llega al lector pasando por ese prisma que la deforma, comentándola, dejando en blanco muchos elementos de ella que ignora o desdeña. La habilidad de la construcción hace que ante el lector, pese a esas distorsiones del narrador —o, más bien, gracias a ellas—, la delicada y tierna historia de Kirsten vaya traspareciendo como una preciosa estatua que asoma en cámara lenta entre lodo, musgo, desechos y apestosas materias que la tenían enterrada. En el mundo socavado por la misoginia de Onetti, donde la mujer resulta aún más odiosa que los hombres, Kirsten parece haber milagrosamente pasado la frontera de la adolescencia sin perder esa pureza de espíritu que en este mundo desaparece siempre con la pubertad.

En 1945 Onetti se casó por tercera vez, ésta con una compañera de la Agencia Reuters de origen holandés, Elizabeth María Pekelharing, con quien tendría una hija, Elizabeth, apodada por sus padres Liti. Pero, fiel a sus enredos, al poco tiempo de contraído este tercer enlace conyugal, Onetti iniciaría una relación amorosa con una joven violinista a la que abordó en una calle bonaerense y que a la larga sería su cuarta esposa y la compañera de más larga duración, Dorotea Muhr (Dolly), la famosa beneficiaria (¿o víctima?) de la más inquietante de sus dedicatorias literarias, la de *La cara de la desgracia:* «Para Dorotea Muhr, ignorado perro de la dicha». Dolly dice que ella entendió, antes que él, «que lo nuestro iba a durar para siempre». Fue así, en efecto. Y, no hay duda, ello fue posible, sobre todo, por la extraordinaria devoción y comprensión de Dolly con un hombre nada fácil, mujeriego y bohemio a ratos, a veces enfrascado en su trabajo de escritor como un poseído dostoyevskiano, y que pasaba de tanto en tanto periodos de crisis que lo llevaban a aislarse totalmente y a hablar del suicidio. Aunque ella acostumbra negar con energía que la larga vida que compartió con Onetti le exigiera grandes sacrificios —«no lo eran, pues yo fui siempre feliz a su lado, y, por ejemplo, sus aventuras con otras mujeres siempre me las contaba»—, no cabe duda que el encuentro con aquella joven violinista bonaerense en 1945 fue para él providencial, pues en ella, además del amor, encontró un apoyo y una solidaridad permanentes que le permitieron capear todos los temporales.

II. *La vida breve* (1950)

El gran salto como novelista lo da Juan Carlos Onetti en 1950 con *La vida breve,* una historia que, según le contó a Emir Rodríguez Monegal, se le ocurrió de pronto en la capital argentina, donde estaba trabajando en una agencia de publicidad:

> Me acuerdo que estaba en Buenos Aires, viviendo en la calle Independencia 858, y un día que me iba a mi trabajo y mientras caminaba por el corredor de mi apartamento, me cayó así, del cielo. Y la vi. Me puse a escribirla desesperadamente.*

Hortensia Campanella dice que, aparte de esta «visión», otro detonante de la novela fue el deterioro de las relaciones entre Argentina y Uruguay, pues en esa época (1948) Perón prohibió los viajes entre Montevideo y Buenos Aires. La ansiedad que esta prohibición provocó en Onetti habría sido una de las razones que lo llevó a desplazar los personajes de su novela no a Montevideo sino a la imaginaria Santa María. A Ramón Chao Onetti le aseguró que inventó Santa María recordando un viaje dichoso que hizo acompañando a un amigo a la provincia argentina de Entre Ríos:

* Emir Rodríguez Monegal, «Conversación con Juan Carlos Onetti», en *Onetti,* Montevideo, Biblioteca de Marcha, 1973, p. 248.

Tuve allí una sensación de felicidad. Sólo fui una vez, ni un día completo y en pleno verano. Pero aún recuerdo el aire, los árboles frente al hotel, la placidez con que se desplazaba y abordó la balsa, así como la sencillez de los habitantes, que no tienen nada que ver con los porteños [...]*

Todo esto es sin duda cierto, pero no suficiente, pues otro incentivo poderoso para la creación de un mundo propio, literario, fue el mítico Yoknapatawpha County de su maestro William Faulkner, así como años después lo sería para que Rulfo creara Comala y García Márquez, Macondo. Según Hortensia Campanella, Onetti escribió *La vida breve* en dos años (1948-1950) trabajando de esa manera disciplinada que siempre se jactó de *no* haber practicado nunca: «Los viernes, Onetti se encerraba en su cuarto y se quedaba allí hasta el lunes, dedicado plenamente a la redacción de su libro».**

EL MAESTRO WILLIAM FAULKNER

Antes de hablar de las profundas relaciones entre las obras de Faulkner y de Onetti hay que disipar un prejuicio: que haber recibido «influencias» merma la originalidad de un escritor. Parece inútil repetir lo obvio, pero, en vista de que aquella falacia asoma

---

* Ramón Chao, op. cit., p. 210.
** Juan Carlos Onetti, *Obras completas. Novelas I (1939-1954)*, Barcelona, Galaxia Gutenberg / Círculo de Lectores, p. 961.

constantemente tanto en trabajos académicos como en artículos periodísticos, conviene recalcar esta evidencia. Ningún escritor es una isla, todas las obras literarias, aun las más renovadoras, nacen en un contexto cultural que está presente en ellas de alguna manera —ya sea que reaccionen contra él o lo prolonguen— y todos los escritores, sin excepción, encuentran su personalidad literaria —sus temas, su estilo, sus técnicas, su visión del mundo— gracias a un intercambio constante —lo que no quiere decir en todos los casos consciente, aunque en muchos sí— con la obra de otros escritores. Todos, sin excepción, reciben influencias que los estimulan y enriquecen, aunque, otras veces, es cierto, los ahogan, convirtiéndolos en meros epígonos.

Los grandes creadores lo son porque metabolizan aquellas influencias de una manera creativa, incorporándolas a su propia voz, aprovechándolas de tal modo que su presencia llega a ser invisible, o poco menos, pues se ha integrado a su obra hasta ser parte constitutiva e inseparable de ella.

Entre los escritores modernos probablemente William Faulkner (1897-1962) haya sido el que ha ejercido mayor influencia entre los cuentistas y novelistas de su generación y las que la sucedieron en todo el mundo occidental y acaso también en otras culturas. No es de extrañar que fuera así: la obra del escritor norteamericano es deslumbrante por su ambición y coherencia, por el hechizo, color, violencia y originalidad de su mundo, así como por la variedad y vigor de sus personajes, la audacia de sus técnicas narrativas y la fuerza encantatoria de su lenguaje. Estoy seguro de que así como me ocurrió a mí, en 1953, mi primer año universitario, muchos jóvenes del mundo entero leyeron las novelas y los cuentos de Faulkner con lápiz y papel a la mano, fascinados por la riqueza de sus estructuras —con sus malabares en los puntos de vista, los narradores, el tiempo, sus ambigüedades y sus silencios locuaces— y ese lenguaje lujoso y barroco de irresistible poder persuasivo.

Sin la influencia de Faulkner no hubiera habido novela moderna en América Latina. Los mejores escritores lo leyeron y, como Carlos Fuentes y Juan Rulfo, Cortázar y Carpentier, Sábato y Roa Bastos, García Márquez y Onetti, supieron sacar partido de sus enseñanzas, así como el propio Faulkner aprovechó la maestría técnica de James Joyce y las sutilezas de Henry James entre otros para construir su espléndida saga narrativa.

No siempre los escritores tienen conciencia clara del proceso de apropiación que llevan a cabo con ciertos autores y libros; en algunos casos, la tienen y asimilan las lecciones del maestro con toda lucidez, en tanto que en otros no, y se sorprenden cuando los críticos señalan en su obra huellas de esos modelos.

Onetti fue siempre muy consciente de su deuda con Faulkner, un autor cuya foto tuvo muchos años junto a su mesa de trabajo y sobre el que escribió varias veces, al que se refirió en muchas entrevistas y al que siguió releyendo toda su vida. Nunca disminuyó la admiración que profesaba a ese escritor del Sur Profundo, del que sabía y refería anécdotas y chismes de su biografía con cariño filial (aunque Faulkner fuera sólo dieciséis años mayor que él). Alguna vez dijo —el máximo elogio que haría de otro escritor—: «Con Faulkner y su novela *Absalón, Absalón* me pasó algo extraordinario: la consideré tan buena que tuve días en los que me pareció inútil seguir escribiendo».*

Onetti contó que descubrió a Faulkner en Buenos Aires: «Una tarde, al salir de la oficina donde trabajaba, pasé por una librería y compré el último número de *Sur,* revista fundada y mantenida por Victoria Ocampo [...] Vuelvo atrás, recuerdo que abrí el ejemplar en la calle, encontré por primera vez en mi vida el nombre de William Faulkner. Había una presentación del escritor desconocido y un cuento mal traducido al castellano. Comencé a leerlo y seguí caminando, fuera del mundo de peatones y automóviles, hasta que decidí meterme en un café para terminar el cuento, felizmente olvidado de quienes me estaban esperando. Volví a leerlo y el embrujo aumentó. Aumentó, y todos los críticos coinciden en que aún dura».** Éste fue uno de los encuentros más fecundos en la historia de la literatura en lengua española.

Onetti contó también que tradujo al español «para mi placer y sin cobrar nada» el cuento de Faulkner *Todos los pilotos muertos,* una versión que no sé si llegó a publicarse (en todo caso, no he podido dar con ella).*** En los artículos y notas periodísticas, así como en las entrevistas en que habló de Faulkner, reveló siempre un conocimiento profundo y detallado de sus libros, personajes y temas, y, por las críticas y burlas que deslizó sobre los errores de traducción al español

---

* Juan Carlos Onetti, «Reflexiones desde el pozo». Entrevista de Enrique Romero, en *Somos,* Montevideo, 25 de octubre de 1989.
** Juan Carlos Onetti, *Confesiones de un lector,* Madrid, Alfaguara, 1995, pp. 20 y 21.
*** Juan Carlos Onetti, *Confesiones...,* op. cit., p. 350.

de sus novelas, mostró que lo había leído, releído y cotejado en distintos idiomas —inglés, español y francés— y que tenía siempre frescas en la memoria las pocas entrevistas en las que Faulkner se dignó hablar de su vida.

A la muerte de Faulkner, el 6 de julio de 1962, le rindió un hermoso homenaje en el semanario *Marcha**, donde él, siempre parco en sus entusiasmos literarios, afirmó que «la riqueza y el dominio del inglés de William Faulkner equivalen a lo que buscó y obtuvo William Shakespeare». Allí explicó que lo que más admiraba en él era el fanático egoísmo con que se entregó a la creación de su obra sin por ello creerla indispensable: «En primer lugar, [Faulkner] define a lo que entendemos como un artista: un hombre capaz de soportar que la gente —y, para la definición, cuanto más próxima mejor— se vaya al infierno, siempre que la carne quemada no le impida continuar realizando su obra. Y un hombre que, en el fondo, en la última profundidad, no dé importancia a su obra».

Pero el mejor homenaje a su maestro, Onetti se lo rindió en su propia obra, una suma narrativa de inmensa calidad cuya hondura, complejidad y potencia fueron posibles en buena parte gracias a la sabia asimilación de los logros de Faulkner.

La huella del autor de *El sonido y la furia* está ante todo presente en la obra de Onetti en la ambición de crear un mundo propio, inspirado en, pero opuesto al, mundo real, esa Santa María que, como el

---

* Juan Carlos Onetti, «Réquiem por Faulkner (padre y maestro mágico)», *Marcha*, Montevideo, 13 de julio de 1962.

condado de Yoknapatawpha, goza de soberanía —de una historia, geografía, tradición, mitología y problemática social que le son propias— y que se va constituyendo y rehaciendo con cada relato o novela, los que, de este modo, sin perder su autonomía, pasan a ser etapas o capítulos de una sola «comedia humana». Es verdad que fue Balzac el primero en concebir una totalidad narrativa haciendo saltar a los personajes de una a otra historia, pero es claro que no fue de Balzac, un autor que no parece haber figurado entre sus favoritos, sino de Faulkner de quien Onetti tomó la idea, al igual que García Márquez para crear su saga de Macondo. Una de las raras referencias a Balzac que hace Onetti figura en la entrevista que le hizo Eduardo Galeano con motivo de la concesión del Premio Cervantes, que vale la pena citar sobre todo por la manera como habla de Faulkner:

—¿Cuáles son los novelistas a los que siempre volvés?

—Faulkner, Balzac, que no se parecen en nada... Cuando pesco un Henry James, gran admiración. Admiración no te digo. Cariño. *La lección del maestro,* te pongo por caso. Y Melville. El *Bartleby,* de Melville. «Preferiría no hacerlo»... ¿Te acordás? «Preferiría no hacerlo»... La traducción es de Borges. Y otros, no sé... Es un entrevero. Depende de lo que me cae en las manos.

—Y entre todos, ¿cuál?

—Faulkner. Faulkner. Yo he leído páginas de Faulkner que me han dado la sensación de que es inútil seguir escribiendo. ¿Para qué corno? Si él ya hizo todo. Es tan magnífico, tan perfecto...

—¿*Absalón, Absalón?*

—Sí. Es la más Faulkner de todas. *El sonido y la furia* tiene demasiado Joyce para mi gusto.

—¿No ha sido bastante maltratado, Faulkner, en las traducciones? Aquí publicaron, hace poco, *Light in August.* Le pusieron, como en la edición argentina, *Luz de agosto.*

—Sí, y es *light* en el sentido de dar a luz, de alumbramiento, no de luz. Sí. También *Intruso en el polvo* es, en realidad, *Intruso en la disputa.* Segunda acepción de *dust.* Estoy hecho un león en inglés.

—Hablemos de escritores en lengua castellana.

—Mirá, no jodas.*

Detrás de esta ambición deicida —desafiar al Creador creando un mundo equivalente al creado por Él— hay otras correspondencias más íntimas. Me resisto a llamar «faulkneriano» al estilo de Onetti porque podría dar la idea equivocada de una tendencia imitativa, de algo autoimpuesto y postizo. Nada de eso: el estilo de Onetti es auténtico por su calidad artística y por su funcionalidad, pues en su manera y sus conceptos expresa aquella visión del mundo impregnada de pesimismo y negatividad que es la suya. También la visión del mundo de Faulkner ha sido considerada pesimista o maldita, pero lo es mucho menos que la de Onetti, en cuyas historias la acción humana en general parece condenada de antemano al fracaso.

---

* Eduardo Galeano, «El borde de plata de la nube negra» (diálogo con Onetti, cuando el Premio Cervantes). La entrevista se publicó originalmente en la revista *El Viejo Topo* (1980) y fue reproducida en Rómulo Cosse (ed.) *Juan Carlos Onetti. Papeles críticos*, Montevideo, Linardi y Risso, 1989, p. 233, de donde cito.

Por eso los héroes onettianos son antihéroes, hombres y mujeres pasivos, autoderrotados, cuyas iniciativas suelen ser la huida hacia lo imaginario, por medio de la fantasía, el sexo o el alcohol. Antonio Muñoz Molina los define bien cuando llama a estos personajes «los más pacíficos, los más perezosos, los más inútiles del mundo».* El de Faulkner, en cambio, es un mundo de acción, a veces de realizaciones épicas, de seres que a menudo rompen la normalidad y, sin siquiera saberlo, realizan hazañas extraordinarias, como Lena, la embarazada que recorre a pie medio Misisipi en busca del padre de su hijo en *Light in August* o el penado alto de *The Wild Palms,* que sobrevive mediante prodigiosos esfuerzos a una inundación y salva a una mujer de aquel diluvio sólo para que le dupliquen la pena (dos personajes por los que Onetti tuvo siempre debilidad). En el mundo de Faulkner hay un destino que destruye y frustra a los seres humanos que, sin embargo, osan rebelarse contra aquél. En el de Onetti los seres humanos llevan en sí su propia frustración.

El aspecto «crapuloso» del estilo de Onetti brilla por su ausencia en el de Faulkner. Y, sin embargo, cuando leemos *La vida breve, El astillero, Juntacadáveres* y los mejores cuentos de Onetti y sentimos que esas largas frases laberínticas nos van sumergiendo en las profundidades selváticas de la psicología y el alma humanas, sacándonos del tiempo y de la vida cotidiana y trasladándonos a otra realidad, hecha de placeres, imágenes e ideas, es decir, que un mundo distinto

* Antonio Muñoz Molina, «Sueños realizados: invitación a los relatos de Juan Carlos Onetti», prólogo a Onetti, *Cuentos completos,* Madrid, Alfaguara, 1994, p. 10.

—impalpable, sonoro, denso, verbal— va surgiendo como una exhalación de esa prosa, el parentesco asoma entre ambos autores, tal cual esas indefinibles semejanzas faciales, gestuales, auditivas, de apariencia o carácter que marcan a los miembros de una misma familia o dinastía.

Pero aún más que en el estilo, es en la estrategia narrativa donde la lección de Faulkner fue valiosa para Onetti. Igual que aquél, utilizó a menudo el tiempo como si fuera un espacio, en el que la narración pudiera desplazarse hacia adelante (el futuro) o hacia atrás (el pasado) en un contrapunto cuyo efecto sería abolir el tiempo real —cronológico y lineal— y reemplazarlo por otro, no realista, en el que pasado, presente y futuro en vez de sucederse uno a otro coexistían y se entreveraban.

También hay reminiscencias faulknerianas en los narradores de Onetti, que no sólo narran, sino orientan subjetivamente lo que refieren, cargándolo de ambigüedad y de doble o triple sentido. Ese clima enigmático, de claroscuros y de sombras, de silencios momentáneos o totales —datos descolocados en el tiempo narrativo o abolidos del todo— que impregnan de incertidumbre las historias, estimulando así la intervención del lector para la cabal realización de lo contado. Entre narrar directa o indirectamente se levanta la figura del intermediario, el narrador-personaje. Éste, en las ficciones de Faulkner, es mucho más que mero transmisor de una historia: es parte de ella, porque al pasar por él ella se impregna de subjetividad, se relativiza y por ello llega al lector cargada de ambigüedad y misterio. El caso más extraordinario en la utilización del narrador-personaje para imponer a la historia un rasgo insólito son los episodios de *El soni-do y la furia* narrados a través de la conciencia de Benjy, un débil mental. Al igual que Faulkner, Onetti inventa narradores-personajes que darán a sus historias una fecunda imprecisión y sembrarán de incertidumbre los pormenores de la anécdota. Como el inventor de Yoknapatawpha, hizo del intermediario una de las piezas maestras de su estrategia narrativa. La mayoría de sus historias está narrada por un testigo neutral o implicado si no es el propio protagonista. Lo que significa que quien narra hace las veces de una pantalla psicológica que, a la vez que cuenta, opina, juzga y orienta la narración, impone un punto de vista a lo narrado. A esto deben las historias de Onetti esa atmósfera de relatividad, de inconclusión, que las caracteriza. Lo que de verdad ocurre en ellas está a menudo suprimido y, si no, velado o disuelto en la subjetividad de un intermediario que nos escamotea parcial y a veces totalmente datos claves de lo sucedido. Es verdad que este procedimiento aparece también en escritores como Joseph Conrad y Henry James, pero Faulkner lo empleó con más audacia y originalidad que nadie y Onetti también se valió de él, con gran pericia, en relatos como *Un sueño realizado* —narrado por un viejo empresario teatral, muchos años después de ocurrida la historia—, *Regreso al sur,* contado desde la perspectiva no del protagonista, el viejo Horacio, sino de su sobrino Óscar, una figura marginal en lo que sucede. Sólo en un caso, Onetti llegó a deconstruir y reconstruir, dentro de las propias coordenadas de su mundo sanmariano, un relato de Faulkner —*Una rosa para Emily* en *La novia roba-da*—, sembrando de pistas esta canibalización para el lector zahorí, como mostró, en un agudo análisis, Josefina Ludmer.*

Pero, aunque en lo que podríamos llamar la utilería del relato —los puntos de vista, los datos escondidos, el lenguaje barroco y laberíntico, la ampulosidad narrativa— hay claras coincidencias, existe entre ambos una diferencia radical. Faulkner nunca dejó de fingir la realidad objetiva en sus historias, éstas jamás se disparan hacia lo fantástico o sobrenatural perdiendo amarras en la realidad. En Onetti ésta es una constante, aunque su mundo imaginario, puramente ficticio, no luzca aquellos seres u objetos irreconocibles por la experiencia común de la gente como seres de pura ficción. Santa María, no lo olvidemos, nace ante los ojos del lector en *La vida breve* como una creación subjetiva de Brausen, como una realidad «irreal», de segundo grado, como una pura proyección mental. Yoknapatawpha County, no: en todos los cuentos y novelas de la saga donde se diseminan sus historias jamás abandona la pretensión de fingir la realidad. Yoknapatawpha County es un mundo inventado por la imaginación y la pluma de un escritor, pero eso lo saben los lectores —aunque lo olviden en el curso de la lectura por la fuerza hipnótica de las historias—, no los personajes del condado, que actúan y piensan como si fueran «reales», hechos de carne y hueso y no de imaginación y de palabras. Los de Santa María saben, o por lo menos presienten, que son espejismos, embelecos de la fantasía y los deseos caprichosos del dios Brausen, un dios patético,

---

* Josefina Ludmer, «La novia (carta) robada (a Faulkner)», en *Hispamérica. Revista de Literatura*, año III, núm. 9, 1975, pp. 3-19.

de carne y hueso, perecedero como ellos mismos, y por eso actúan y sienten como seres hechizos, marcados por la irrealidad. Este aspecto lúdico, de juego intelectual, que está en el corazón del mundo inventado por Onetti, no existe en Faulkner, que, en lo que concierne al pascaliano principio de realidad, pese a toda la revolucionaria forma que impera en sus novelas, es un escritor dentro de la tradición clásica, que finge la realidad. Onetti, para bien y para mal, está un poco más acá, es decir, sumido —sin saberlo y sin quererlo— en plena posmodernidad. Este hecho solo muestra la esencial distancia que separa a estos dos mundos literarios, pese a los estrechos vínculos que guardan entre sí.

Otra diferencia notoria entre Santa María y Yoknapatawpha County es que, sobre éste, el pasado gravita con fuerza, como un lastre que arrastran todos sus pobladores y que les impide sentirse totalmente cómodos en el presente, pues en muchas cosas —las relaciones raciales, los prejuicios sexuales y de género, la función de la religión en sus manifestaciones más tradicionales y hostiles a la modernidad— la historia y la tradición se resisten al cambio y a la modernización. En Santa María el pasado casi no existe, no parece ir más allá de la llegada, imprecisa pero obviamente reciente, de los suizos de la colonia vecina. Los sanmarianos viven en el presente, dando totalmente la espalda al pasado, y prácticamente no conocen ni se interesan por saber de dónde vienen más allá de sus padres y, en muchos casos, ni siquiera eso. Sólo así se explica que en el curso de su brevísima trayectoria histórica hayan podido convertir en Dios Padre al Juan María Brausen que los inventó.

A diferencia del condado de Yoknapatawpha, en el que la presencia de las tres razas —blancos, indios y negros— da a la sociedad color local y una rica variedad de costumbres, tradiciones, creencias y prejuicios y tensiones y violencias, Santa María es una sociedad homogénea de blancos, conformada casi íntegramente por descendientes de origen europeo —alemán, italiano, francés y español a juzgar por los apellidos, sobre todo— y exenta por eso mismo de ese dramatismo brutal de origen étnico que a veces recorre al condado faulkneriano. Sólo en las últimas historias que escribió Onetti aparecen en la sociedad sanmariana mestizos e indígenas.

Los habitantes de Yoknapatawpha tienen conciencia del futuro, al que por lo general temen y miran con desconfianza, en tanto que el pesimismo de los sanmarianos es tal que no se sienten concernidos por lo que vendrá, como si no los fuera a afectar. Actúan como si no creyeran que haya un futuro para ellos. Los sanmarianos se saben inventados por otro personaje literario, Brausen, es decir, alguien perecible como ellos. Los de Yoknapatawpha creen en el Dios bíblico, y más el del Antiguo que el del Nuevo Testamento. Eso hace que en el condado sureño hombres y mujeres sean activos y haya entre ellos gentes de espíritu aventurero, con biografías épicas o al menos agitadas, en tanto que los sanmarianos son estáticos y sus aventuras las viven sólo soñando y fantaseando.

La vida breve es la novela más trabajada de Onetti y una de las más ambiciosas de la literatura latinoamericana, de una audacia y originalidad comparables a las de los mejores narradores del siglo XX, una novela en la que el tema que estuvo acechándolo desde sus primeros escritos, la fuga de los seres humanos a un mundo de ficción para escapar a una realidad detestable, alcanza una nueva valencia, gracias a la sutileza y buen oficio con que está desarrollado. La idea central es inmejorable: Juan María Brausen, en Buenos Aires, a la vez que vive una historia truculenta —su mujer Gertrudis ha sido operada y ha perdido uno de sus pechos, y él está a punto de ser despedido de la agencia de publicidad—, inventa, en el trance de escribir un guión para Julio Stein, una ciudad, Santa María, y unos personajes inspirados en él mismo y sus conocidos más próximos. Esta ciudad nace, pues, como un proyecto literario-cinematográfico, en un Brausen atormentado por la operación de Gertrudis, su mujer, y por la necesidad de cumplir con el trabajo que le han confiado: «No llores —pensaba—; no es tan triste. Para mí es todo lo mismo, nada cambió. No estoy seguro todavía, pero creo que lo tengo, una idea apenas, pero a Julio le va a gustar. Hay un viejo, un médico, que vende morfina. Todo tiene que partir de aquí, de él. Tal vez no sea viejo, pero está cansado, seco [...] Cuando estés mejor me pondré a escribir».[*] Sin embargo, esta idea no pasará luego a la escritura, pues Brausen no escribirá nunca aquel guión para Julio Stein. La idea se emancipará de su origen y de su propio creador y seguirá su existencia imaginaria por cuenta propia, libre incluso de su propio gestor, como

---

[*] Juan Carlos Onetti, *La vida breve*, en *Obras completas. Novelas I (1939-1954)*, op. cit., p. 429. Todas las citas de esta novela son de esta edición.

una realidad soberana. De este modo, en un episodio fugaz de *La vida breve,* Onetti resume y simboliza en una imagen todo el proceso que siguen las ficciones para, naciendo en la realidad, despegar de ella y proseguir una vida precaria, fuera del alcance de su propio creador. Brausen no escribirá el guión y Santa María no necesitará más de él para vivir su propia historia, devorando y sustituyendo a la otra historia —la real— dentro de la cual vio la luz.

Santa María es una realidad literaria, ficticia, artificial: una antirrealidad. En ella, en vez de una historia coherente, ocurren situaciones, episodios sueltos, inspirados en las fobias y filias secretas de su autor y en su afición por el cine negro. Al final, Brausen ayuda al *macró* Ernesto, asesino de la Queca, a escapar de Buenos Aires a Santa María, es decir, a pasar de la realidad a la ficción. Este final admite una lectura fantástica —no única— que retroactivamente convertiría a *La vida breve,* hasta entonces una historia realista, en un puro producto de la imaginación. Este salto cualitativo entre lo real y lo ficticio está graduado o tamizado —en uno de los grandes aciertos del libro— por un plano intermedio, a caballo entre la vida objetiva y la subjetiva: la relación de Brausen con una vecina, la Queca, una prostituta que viene a ocupar un departamento contiguo al suyo el mismo día que su mujer Gertrudis sufre, en el hospital, la «ablación de mama». En las hechizantes páginas con que se inicia *La vida breve,* Juan María Brausen imagina esta mutilación física y sus consecuencias, y la prosa visionaria y sádica que describe el episodio tiene esa elegancia de la mugre que perseguía ansiosamente la estética romántica.

Desde un principio se advierte que la historia de *La vida breve* evolucionará, a la manera de los vasos comunicantes, en tres planos claramente diferenciados, que, a medida que avanza la acción, se van contaminando hasta fundirse en el episodio final:

1) el mundo de Juan María Brausen, contado por él mismo y que se puede considerar objetivo, porque tenemos sobre él un mayor grado de certidumbre. A él pertenecen Gertrudis, esposa de Brausen, sus amigos Mami y Stein, su jefe, el viejo MacLeod, y las calles céntricas de Buenos Aires;

2) el mundo de la Queca, la vecina —concentrado en su asfixiante apartamento—, a ratos objetivo y a ratos subjetivo, porque lo que Brausen cuenta de él no lo sabe con seguridad, lo adivina, intuye o inventa a partir de lo que oye a través de la delgada pared medianera o de lo poco que consigue espiar. Sobre este mundo tenemos una certeza mucho menor, él se halla ya impregnado de elementos ficticios. Brausen no sabe a ciencia cierta lo que ocurre donde la Queca y proyecta sobre ese mundo sus propios fantasmas —los llama «sus necesidades secretas»—, convirtiéndolo en una ficción teatral. En ese mundo Brausen no es Brausen sino Arce, un personaje que se inventa para encarnar los anhelos baudelairianos de «malditismo» que lo animan. Por eso, cuando entra en el mundo de la Queca y de Ernesto, Brausen deja de ser el mediocre empleadito de clase media que es en la vida real, y, como Ernesto, se vuelve otro *macró,* un personaje de los bajos fondos con una pistola en el bolsillo que se permite con la Queca cosas que nunca habría hecho con Gertrudis: golpearla mientras la ama y disponerse a matarla, como hacen los cafiches rufianescos con

sus putas cuando ya no les sirven o necesitan sentirse muy machos.

El mundo de la Queca, Ernesto y Arce, intermediario entre el de Buenos Aires y el de Santa María, adobado de elementos imaginarios, es un comienzo de aquella materialización de la ficción que será

3) Santa María, un mundo fantaseado pero cuyos habitantes, según explica Brausen, tienen, por lo menos los principales, modelos reales: Brausen es la matriz del doctor Díaz Grey, Elena Sala se inspira en Gertrudis, el marido de aquélla en Stein, etcétera.

En pocas novelas se describe con la astucia con que lo hace *La vida breve* la gestación de la ficción y las relaciones de ésta con la vida, la razón por la cual los seres humanos han buscado desde los albores de su historia, el tiempo de los habladores, inventarse, valiéndose de la fantasía y la palabra, otros mundos, y la manera en que los plasman.

Esta relación ficción-vida no sólo funciona como hecho central en la historia del protagonista, Juan María Brausen; otros personajes viven también acosados por lo imaginario, como la Queca, a la que hostigan unos misteriosos «ellos»: fantasmas, invenciones histéricas, Brausen los describe —imagina— medio animales y medio humanos, haciéndose presentes para recordar que la vida es «imposible». Menos sombrío es el recurso que Stein y Mami emplean para salir de Buenos Aires y remontarse a un París de nostalgia y memoria, donde estuvieron años atrás: abrir un plano de la Ciudad Luz y fantasear con sus calles, plazas, monumentos, inventando experiencias que los sacan imaginariamente de Buenos Aires y los instalan en un mundo donde se sienten más felices que en el de su mediocre rutina cotidiana.

La relación ficción-vida alcanza un plano fantástico cuando Brausen, que está ayudando a Ernesto a escapar después de haber matado a Queca, planea de pronto «llegar a Santa María a través de lugares aislados», es decir, dar el imposible salto de la realidad a la ficción. Éste es uno de los cráteres de la novela: el mundo real, invivible para los personajes, catapulta a éstos hacia la ficción, «vida breve» que se vive sólo con la fantasía y la palabra. Se han dado muchas interpretaciones al título de la novela: desde que fue inspirada en la ópera de Manuel de Falla que así se llama, hasta que viene de la canción francesa que aparece en el libro, uno de cuyos versos habla de *«la vie brève»*, pero no debe descontarse que aluda también a esa breve vida de sueño y fantasía a la que los seres humanos escapan cuando la existencia les resulta insuficiente o, como a los héroes de Onetti, intolerable. Esta lectura da sentido al absurdo final de la novela, en que Brausen —convertido en su doble-fantasma, Díaz Grey, sumergido en el Carnaval, en Santa María—, Lagos, Oscar el Inglés y una desconocida pierden sus ropas en un baile de disfraces y deben quedar disfrazados para siempre. Extraviados en la ficción.

El salto de la realidad a un mundo de ficción está atemperado por la condición intermedia, medio real medio ficticia, de Arce y la Queca, además de otros detalles. En el mundo real, Brausen, cuando siente que su situación alcanza un extremo crítico de desamparo —Gertrudis lo ha dejado, es evidente que no volverá, y él ha sido despedido de su empleo—, empieza a «vivir» la ficción. Con la indemnización que ha recibido del viejo MacLeod «inventé la Brausen Publicidad, alquilé la mitad de una oficina en la

calle Victoria, encargué tarjetas y papel de cartas [...]»
(pp. 603-604). En un guiño al lector, el local que al-
quila pertenece a un tal Onetti. Brausen lleva la farsa
a extremos delirantes: hace que Stein, Mami y Gertrudis lo llamen por teléfono a esa oficina de mentiras y le
hablen de «campañas obscenas», imagina «citas, comidas de negocios», y sale a recorrer los cafés (p. 604),
como si multiplicando el torbellino de mentiras, éstas,
en un momento dado, fueran a volverse verdad y su
vida transformarse al conjuro de una varita mágica.

¿Está loco Brausen? Lo está a la manera de esos
personajes memorables de la literatura a quienes la seducción que ejerce la vida imaginaria, sea la de las novelas de caballerías, como a don Quijote, o las novelitas de amor romántico a Madame Bovary, lleva a
sustituir la vida real por la de sus deseos. Esa pretensión temeraria, enquistada en la condición humana,
siempre indujo a algunos hombres y mujeres a inten-
tar lo imposible, a rebelarse contra lo que eran y
tenían, en pos de algo distinto. Esa actitud, que ha hecho posible el progreso y la civilización, produce también frustraciones y amarguras cuando aquellos soñadores descubren que la vida de la realidad no es nunca
la de las ficciones.

Soñar y fantasear es el último refugio de Brausen cuando su visión pesimista y desesperada del mundo en el que vive no parece dejarle otra escapatoria que
el suicidio (por eso hay tantos suicidas entre los personajes de Onetti). En los sueños lúcidos que conforman
gran parte de su vida se abandona a veces a extravagan-
cias surrealistas, como aquella fantasía erótica que comienza y termina con la imagen de una muchacha y un
hombre maduro que es él mismo (reencarnado en

Díaz Grey), en la que se inventa una «pequeña ciudad formada por casas de citas» y «mucamos pederastas» «en la que parejas desnudas ambulan por jardincillos» (p. 607), como en las fantasías pictóricas de Delvaux.

¿Qué detesta Brausen en el mundo? Lo mismo que Eladio Linacero y todos los antihéroes onettianos: la desintegración moral de los seres humanos, pasada la primera juventud, cuando comienzan a hacer «concesiones», palabra que en el vocabulario de Onetti es sinónimo de triunfador. En este mundo, sólo triunfa el que se pudre moralmente, como esos ejecutivos y profesionales exitosos que frecuentan el bar donde cita a Brausen su jefe, MacLeod:

> Eran las siete, y el bar empezaba a llenarse de Macleods ruidosos y seguros, apenas despectivos. Se fueron acomodando en fila inquieta contra el mostrador, piafantes sobre la barra dorada, tocándose con hombros y caderas, ofreciéndose rápidas excusas, exagerando la intimidad con el barman, mascando granos de maní, haciendo correr entre los dientes el apio que vigoriza, ayuda y conserva. Hablando de política, de negocios, de familias, de mujeres, tan seguros de la inmortalidad como del momento que estaban ocupando en el tiempo (p. 567).

Es difícil imaginar una descripción más hiriente y despectiva, formulada, sin embargo, con aparente objetividad y en los términos más esmerados.

No es de extrañar que quien tiene semejante idea de la sociedad descrea del progreso y vea en él nada más que una repugnante carrera de los seres humanos hacia una pesadilla materialista entre cuyos productos manufacturados los espera la descomposición y la muerte. Ésa es su secreta venganza mental contra los triunfadores como el viejo MacLeod:

> Consiguió un taxi en la esquina y vi el último adiós de su mano, lo vi alejarse en el comienzo de la noche, hacia el mundo poético, musical y plástico del mañana, hacia nuestro común destino de más automóviles, más dentífricos, más laxantes, más toallitas, más heladeras, más relojes, más radios; hacia el pálido, silencioso frenesí de la gusanería (p. 569).

Si la vida es esta porquería, como dice el tango, es natural que los personajes de Onetti prefieran a la real la vida imaginaria y que, para no suicidarse, jueguen a los disfraces, al juego de las mentiras que es la ficción.

En un agudo análisis de *La vida breve,* la crítica norteamericana Judy Maloof señala que la novela «comienza el 30 de agosto, fiesta de Santa Rosa, que se celebra en la región del Río de la Plata con un carnaval. Esta fecha marca el final del invierno y el comienzo de la primavera —una estación asociada con la esperanza y el renacimiento—. *La vida breve* termina seis meses después, al final del verano, hacia mediados de febrero, también durante la celebración del Carnaval. Así, la imagen del Carnaval establece los límites formales del texto; comienza y termina con el Carnaval, reforzando el tema de la novela del Carnaval como una metáfora de la vida».[*]

---

[*] Judy Maloof, *Over her dead body. The construction of male subjectivity in Onetti,* Nueva York, Peter Lang Publishing, 1995, p. 64. La traducción es mía.

La ficción es un carnaval, una vida disfrazada, una representación que, pese a ser una mentira animada, expresa algunas verdades profundas de la vida humana que sólo de esta manera sinuosa e indirecta salen a la luz. La ficción completa a los seres humanos añadiendo a sus vidas aquello que les falta para ser felices, o restando de ellas lo que los hace infelices. Y, sobre todo, permitiéndoles ser y hacer en ese mundo de fantasía lo que no son ni se atreverían a hacer nunca en la vida real, como le ocurre al «asceta» Brausen (así lo llama su amigo Stein por sus sobrias costumbres y su timidez con las mujeres), desfogarse en la cama con la Queca y maltratarla, él, que ni siquiera sedujo en su vida a su esposa Gertrudis, pues fue ella la que lo sedujo a él.

¿Por qué sueña Brausen / Arce con matar a la Queca? No hay razón alguna, se trata de una idea que tiene que ver con la idiosincrasia del personaje que se ha inventado, Arce, medio *macró* medio hampón, al que conviene este asesinato para tener un prontuario que lo acredite como tal. La razón más honda de esta fantasía homicida es simplemente que en la vida real Brausen no se atrevería a hacer una cosa así, nunca se permitiría desafiar la ley, la norma, las conveniencias, la moral, porque en el mundo real Brausen es un apocado conformista. La ficción le permite desagraviarse de sus frustraciones, convirtiéndose en una de esas «bestias» que en el mundo real, al tiempo que lo asquean, lo fascinan. La prostituta y el *macró*, personajes como la Queca, Ernesto o Larsen (Junta), que hace una breve aparición ya casi al final de la novela, representan el hechizo que ejerce sobre Brausen —sobre Onetti— la marginalidad, lo prohibido o, en términos religiosos, el pecado. Dios es, paradójicamente, una ausencia que está muy presente en el mundo de Onetti, y en *La vida breve* por supuesto. Pero lo está por contraste y negación: a través del mal, que lo rechaza y desafía. De otro lado, para un mundo en el que desde *El pozo* es un motivo recurrente el escarnio de la reproducción, el odio a la infancia, la prostituta representa el sexo estéril, el que garantiza un amor no reproductivo, el único que en el mundo de Onetti produce placer.

En la ficción Brausen puede ver cómo crecen otra vez los pechos cercenados de Gertrudis en Elena Sala. Estos pechos enteros, brincando, son lo primero que advierte en ella su álter ego en Santa María, ese doctor Díaz Grey, embrión, en la mente de Brausen, del que irá floreciendo la ciudad imaginaria.

ONETTI Y BORGES

Aunque esto no resta personalidad propia ni creatividad a su mundo, hay que señalar la influencia de Jorge Luis Borges (1899-1986) en la obra de Onetti. A simple vista, la distancia entre ambos autores es muy grande. La erudición y las referencias culturales y librescas que impregnan no sólo los ensayos, también los cuentos y poemas de Borges, brillan por su ausencia en Onetti, una de cuyas coqueterías fue siempre despreciar el intelectualismo y la ostentación libresca, esos desplantes a los que Borges convirtió en una astuta, irónica y deliciosa manera de crear un mundo literario propio. Los temas abstractos, como el tiempo, la eternidad y la irrealidad, que fascinaban a Borges, a Onetti lo dejaban indiferente. En éste los elementos fantásticos e imaginarios que aparecen en su obra no son nunca abstractos, están embebidos del aquí y el ahora y de carnalidad.

También los usos de la palabra de Borges y Onetti están a años luz uno del otro. El estilo de Borges es escueto y preciso, claro y exacto, sostenido por una inteligencia luminosa y escéptica, que juega con todo —la filosofía, la teología, la geografía, la historia y, sobre todo, la literatura— para construir un mundo de conceptos y espejismos intelectuales, desasido de los apetitos materiales, las pasiones y los instintos, esa madeja de la animalidad humana. El de Onetti, en cambio, es un estilo laberíntico y tortuoso, cargado de esa psicología que Borges se jactaba de haber erradicado de sus historias, y hunde sus raíces en las profundidades del sexo y de la carne, los impulsos destructivos y autodestructivos, una exploración incesante de la pasión y las relaciones, violencias y tensiones que el amor y los excesos —el alcohol, el vicio, la prostitución, la venganza, el odio, el celestinaje— provocan en la vida de hombres y mujeres.

Por todo ello, la presencia de Borges en Onetti se ha mencionado apenas por la crítica, pese a que la influencia de Borges sobre él fue esencial, en el sentido literal de la palabra, pues concierne a la esencia misma del mundo que creó. El hecho que define a éste, columna vertebral de *La vida breve,* es el viaje de los personajes, hartos del mundo real, a un mundo imaginario, la ciudad de Santa María. Este viaje, simbólico a veces, se corporiza en la novela cuando Brausen lleva a Ernesto, el asesino de la Queca, a refugiarse en ese lugar, saltando de este modo de la realidad a la ficción (de la verdad a la mentira), y, luego, regresando él mismo, ahora acompañado por personajes ficticios, de Santa María a Buenos Aires.

La ficción incorporada a la vida en una operación mágica o fantástica es tema central de Borges, desarrollado de manera diversa en los extraordinarios cuentos que empezó a publicar en Buenos Aires en la década de los cuarenta, justamente en los años en que Onetti vivía en la capital argentina (residió allí de 1941 a 1959). Aunque *Hombre de las orillas* apareció en 1933 (se transformaría luego en *Hombre de la esquina rosada,* en *Historia universal de la infamia* [1935]), los cuentos fantásticos, empezando por el más original y sorprendente, *Tlön, Uqbar, Orbis Tertius,* salen a la luz en la década siguiente, sobre todo en la revista *Sur* y en el diario *La Nación.* Aparecen, en *Sur, Tlön, Uqbar, Orbis Tertius* (núm. 68, 1940), *Las ruinas circulares* (núm. 75, 1940), *La lotería de Babilonia* (1941), *Examen de la obra de Herbert Quain* (1941), *La muerte y la brújula* (1942), *La Biblioteca de Babel* (1942), *El jardín de senderos que se bifurcan* (1942), *El milagro secreto* (1943), *Tema del traidor y del héroe* (1944), *Tres versiones de Judas* (1944), *El Aleph* (1945), *Deutsches Requiem* (1946) y, en *La Nación, Funes el memorioso* (1942) y *La forma de la espada* (1942). La primera recopilación en libro, *El jardín de senderos que se bifurcan,* es de 1942 y *Ficciones* de 1944 (ambos publicados por la editorial Sur); *El Aleph* aparecerá en la editorial Losada en 1952.

Onetti no estuvo vinculado a Victoria Ocampo y al grupo de escritores de *Sur,* pero, ya lo hemos visto, era lector de la revista y de las ediciones de libros que hacía, como él mismo cuenta en el artículo que escribió sobre su maestro Faulkner, al recordar que fue en una vitrina de *Sur* donde descubrió por primera vez la obra del norteamericano. Y, aunque no fue nunca un seguidor beato de Borges, en el que había aspectos que lo irritaban, lo leyó con profundidad y, acaso sin advertirlo del todo, con provecho, pues el argentino lo ayudó a descubrir una proclividad íntima de su vocación literaria. *Tlön, Uqbar, Orbis Tertius* narra la secreta conspiración de un grupo de eruditos para inventar un mundo e interpolarlo secretamente en la realidad, como Brausen con Santa María, y *Las ruinas circulares* fantasea el descubrimiento que hace un mago, empeñado también en una empresa parecida —inventar un hombre y contrabandearlo en el mundo real—, de que la realidad que él creía objetiva es también ficción, un sueño de otro mago-creador como él mismo.

Onetti no fue probablemente del todo consciente de la deuda que contrajo con Borges al concebir en Santa María su propia Tlön, porque, aunque leía a Borges con interés, no lo admiraba. Rodríguez Monegal cuenta que él los presentó y que el encuentro, en una cervecería de la calle Florida, de Buenos Aires, no fue feliz. Onetti, hosco y lúgubre, estuvo poco comunicativo y provocó a Borges y al anfitrión preguntándoles: «¿Pero qué ven ustedes en Henry James?», uno de los autores favoritos de Borges.* La poca simpatía personal de Onetti por Borges fue recíproca. En 1981 Borges fue jurado del Premio Cervantes, en España, y en la votación final, entre Octa-

---

* Emir Rodríguez Monegal, prólogo a Juan Carlos Onetti, *Obras completas,* México, Editorial Aguilar, 1970, pp. 15-16.

vio Paz y Onetti, votó por el mexicano. Entrevistado por Rubén Loza Aguerrebere, explicó así su decisión:

—¿Cuál era su reparo a la obra de Onetti?
—Bueno, el hecho de que no me interesaba. Una novela o un cuento se escriben para el agrado, si no no se escriben [...] Ahora, a mí me parece que la defensa que hizo, de él, Gerardo Diego, era un poco absurda. Dijo que Onetti era un hombre que había hecho experimentos con la lengua castellana. Y yo no creo que los haya hecho. Lo que pasa es que Gerardo Diego cree que Góngora agota el ideal en literatura, y entonces supone que toda obra literaria tiene que tener su valor y tiene que ser importante léxicamente, lo cual es absurdo. Ahora, si Gerardo Diego cree que lo importante es escribir con un lenguaje admirable, eso tampoco se da en Onetti.*

Mi pálpito es que Borges nunca leyó a Onetti y probablemente la sola idea que guardaba de él tenía que ver con aquel frustrado encuentro en una cervecería porteña y las provocaciones anti-jamesianas del escritor uruguayo.

Sin embargo, aunque Onetti nunca lo reconociera, acaso ni advirtiera, Borges fue tan importante para la creación de Santa María como Faulkner o Céline. De otro lado, aunque haya una cercanía esencial, el mundo fantástico de Borges y el de Onetti tienen diferencias cruciales. Este último, por lo pronto, disi-

---

* Rubén Loza Aguerrebere, «El ignorado rostro de Borges», diario *El País,* Montevideo, 10 de mayo de 1981, p. 12.

mula su carácter fantástico, envolviendo lo que hay en
él de milagroso o mágico —de imposible— con un
realismo empecinado en los pormenores y detalles, en
los atuendos, las apariencias y las costumbres y el habla de los personajes, y las ocurrencias y peripecias,
que, a diferencia de las que pueblan los cuentos de
Borges, rehúyen lo vistoso, insólito, exótico, el pasado
histórico y las situaciones fabulosas, y se aferran, más
bien, ávidamente, a lo manido, cotidiano y previsible.
Por eso, el mundo literario de Onetti nos parece realista, a diferencia del de Borges. Porque, aunque Santa María sea, por su gestación, un puro producto de la
imaginación, en todo lo demás —su gente, su historia
doméstica, sus intrigas y costumbres, su paisaje—
constituye una realidad que finge estar calcada de la
realidad más objetiva y reconocible.

III. Santa María

Es una ciudad inventada y, como tal, tiene la vaguedad e indefinición de las imágenes que nos visitan en el sueño. Está en algún lugar a orillas del Río de la Plata, vecina a una «colonia de labradores suizos» que no se han integrado del todo a esa ciudad a la que vienen a vender o a comprar, distintos, forasteros. Aparece por primera vez en la obra de Onetti en *La vida breve* y será desde entonces la sede más habitual de sus cuentos y novelas. Otras localidades imaginarias, próximas a ella, son Lavanda, en la otra orilla del río, y Puerto Astillero, media hora en lancha aguas arriba. También se puede decir que Santa María retrospectivamente se apropia de las historias anteriores, cuyos afantasmados escenarios, Montevideo o Buenos Aires, parecen espectros premonitorios de la ciudad inventada.

Es una ciudad pequeña, de provincia, donde las gentes se conocen, aunque todos ellos, como uno de los más consistentes vecinos, el doctor Díaz Grey y su consultorio con ventanas sobre la Plaza, acusen un individualismo tenaz y sean solitarios acérrimos. En *La vida breve* Díaz Grey es el único sanmariano, porque tanto Elena Sala como su marido, y Oscar el Inglés, son forasteros.

En la Plaza hay una estatua ecuestre del general Díaz Grey, antepasado del médico, algún personaje importante pues la ciudad está llena con su nombre: una avenida, un parque, una confitería, hasta una carretera se llaman Díaz Grey. En historias posteriores de Onetti, este héroe sanmariano se eclipsará y en su lugar aparecerá —otro guiño al lector— la estatua de Juan María Brausen, el fundador, quien a la larga alcanzará el estatuto divino de Dios Padre.

Cerca de Santa María está el río, hay un caserío llamado Enduro y el «partido de San Martín». Más tarde descubriremos en las cercanías el Puerto Astillero, que surgió en torno a la fábrica de Jeremías Petrus, a la que conoceremos cuando sea ya sólo un astillero fantasma. Una banda toca la retreta en la Plaza, por la que se pasean las parejas y las familias los domingos y días feriados. Hay un club social llamado Progreso, para la gente importante, y otro, más pobretón, el Club Comercial. El periódico de la ciudad es *El Liberal* y abundan los cafés y restaurantes donde conversan, negocian, intrigan, y toman cafés y beben ginebra los sanmarianos, como el Berna, el Universal, el Baviera, el Belgrano, y hay por lo menos un cine, el Apolo, donde se dan funciones de teatro y hasta espectáculos deportivos. Hay farmacias, una iglesia, una cooperativa, una confitería, «niños oscuros y descalzos» y «hombres rubios y apresurados». Según el príncipe Orsini, personaje de *Jacob y el otro,* Santa María es «un pueblito de Sudamérica que sólo tiene nombre porque alguien quiso cumplir con la costumbre de rebautizar cualquier montón de casas». Pero, en *El astillero,* Santa María ha crecido y tiene bares y discotecas, donde se oye jazz y se toman los *simmons fizz* inventados por el negro Charlie Simmons. También existe una cárcel donde encierran al viejo Petrus. Sin embargo, a Larsen, en *Juntacadáveres,* Santa María le parece un «pueblo de ratas». En la última novela de la saga, *Cuando ya no im-*

porte, Santa María, rebautizada Santamaría, será una ciudad importante, dividida en tres sectores —Norte, Sur y Este—, que ha absorbido a la colonia suiza.

De apariencia anodina e insignificante, Santa María tiene una naturaleza mudable, una dimensión y características que cambian de historia en historia, de manera sutil a veces y a veces abrupta: es una de las manifestaciones de su condición imaginaria. Incluso en *La vida breve* esa naturaleza se manifiesta en que, en esa localidad de semblante tan realista, las cosas no ocurren con la coherencia y continuidad que en Buenos Aires, la ciudad real. En esta última, podemos seguir un argumento que tiene perfecto sentido, inteligible de principio a fin —las angustias de Brausen por la operación de Gertrudis, sus encuentros con Julio Stein y Mami, su diálogo con MacLeod, etcétera—. En Santa María no hay nada equivalente. En ella, como ocurre en el sueño, los episodios no están encadenados, no se suceden dentro de cierta lógica en un tiempo progresivo. En Santa María sólo hay estampas, episodios, ocurrencias que se yuxtaponen pero no se implican unas en otras como periodos de un transcurrir. La incoherencia que los caracteriza obedece a su sustancia irreal, a su naturaleza onírica, semejante a la sucesión de imágenes que desfilan por nuestra mente cuando divagamos o nos abandonamos al ensueño. Entonces nos emancipamos de la fatídica cronología que regula nuestra vida real y el pasado no antecede al presente y éste al futuro, porque vivimos un eterno presente. Por eso, Santa María parece una ciudad donde el tiempo que nosotros conocemos por la experiencia ha sido reemplazado por un tiempo que, en lugar de avanzar, da vueltas sobre sí mismo y se muerde la cola.

Un tiempo mágico, no realista. La confusión, una de las constantes del mundo de Onetti que a veces empobrece sus historias, tiene en *La vida breve* una justificación: deslinda lo que pertenece a la fantasía (Santa María) de la realidad (Buenos Aires) donde se halla la persona que crea este producto de la imaginación, para refugiarse allí después de haber adquirido «la seguridad inolvidable de que no hay en ninguna parte una mujer, un amigo, una casa, un libro, ni siquiera un vicio, que puede hacerme feliz».

Cuando dice estas cosas terribles sobre su soledad, Brausen miente, como las letras de los tangos, cuyas tragedias son bailables. Porque él tiene un vicio que lo salva: fantasear, proyectarse en un mundo de ficción, representar. Y lo hace con destreza, yendo y viniendo de la fantasía a la realidad objetiva y viceversa hasta crear un laberinto, en el que la ficción termina devorando al mundo real. El último capítulo de *La vida breve* ha sido a veces criticado como un puro disparate, que, en vez de cerrar la historia, la esfuma en una extravagancia: así como Brausen y el *macró* Ernesto escaparon de Buenos Aires para refugiarse en la imaginaria Santa María, Díaz Grey, Lagos, Owen y la violinista se fugan de Santa María a Buenos Aires —de la ficción a la realidad— en pleno Carnaval. Es un final inesperado y sorprendente, pero no arbitrario. Representa la apoteosis de la ficción en una novela que a lo largo de todas sus páginas ha ido mostrando por qué los seres humanos recurren a las ficciones para defenderse de la infelicidad y cómo nacen esas vidas sucedáneas, esos espejismos que, a veces, tienen una fuerza persuasiva tan grande que son capaces de vivir por cuenta propia y reemplazar a la misma realidad.

IV. El estilo crapuloso

Críticos respetables como Luis Harss y Enrique Anderson Imbert han sido severos con el estilo de Onetti, reprochándole oscuridades, incoherencias, enredada sintaxis, truculencia y obsesiva retórica, que enturbian e irrealizan las historias. A Anderson Imbert la prosa de *La vida breve* le parece «turbia y pastosa: pasta de lengua con grumos mentalmente traducidos de las literaturas extranjeras», una prosa afectada de «untuosidad y pesadez», de «displicencia», «la indisciplina y la dejadez».* A los personajes de Onetti a menudo, dice Harss, «las palabras los sepultan». En un ensayo por lo demás valioso, «Juan Carlos Onetti y las sombras en la pared», acaso el primero en América Latina en reconocer a Onetti el estatuto internacional que merecía, Harss, sin embargo, encuentra su estilo un tanto «penoso», «descuidado», «de largas y contorsionadas oraciones faulknerianas», que, a causa de «un exceso de amaneramientos imitados —intrínsecas cláusulas pleonásticas, kilométricas redundancias adjetivales», cae a veces «en el puro firulete», en la «pura aparatosidad».**

Es cierto que, a veces, su propensión retórica diluye lo contado y da un aire artificial, enrarecido

---

* Enrique Anderson Imbert, *Historia de la literatura hispanoamericana,* vol. 2, «Época contemporánea», México, Breviarios del Fondo de Cultura Económica, 1966, pp. 277-278.

** Luis Harss, *Los nuestros,* Buenos Aires, Editorial Sudamericana, 1966, pp. 214-251.

e inasible a unos hechos que cuesta trabajo detectar en esas madejas de imágenes, reflexiones, repeticiones incesantes en las que el narrador parece extraviarse, olvidado de lo que contaba. Pero hay una razón sutil para todo ello y es que, a menudo, Onetti no se limita a contar una historia, sino, a la vez, a contar cómo, de dónde y por qué esta historia nació. Lo vio muy bien José Pedro Díaz analizando *El astillero:* «la novela de Onetti es *la invención de una historia;* no una historia, ni tampoco su proyecto, sino una historia que conserve las huellas vivas de su génesis, como podrían quedar, en una escultura modelada en arcilla, las huellas de los dedos del escultor formando parte de la forma final lograda».* Es muy exacto, pero esta observación vale no sólo para *El astillero,* sino para buen número de ficciones de Onetti, empezando por *La vida breve,* una novela en la que vemos, convertido en parte central de la historia que cuenta, el nacimiento —la biografía— de esa misma historia. El disolvente y nublado estilo de Onetti no es gratuito, es el que podía expresar mejor la difusa materia, compuesta de realidades disímiles, de que consta el mundo que inventó. En *La vida breve* el estilo es funcional al designio que preside la novela, pues evapora la demarcación entre la realidad y la ficción, lo que da sentido y vigor a la temática central de la novela: la relación entre lo vivido y lo soñado, entre la historia objetiva y la fantaseada. En esta novela prevalece el equilibrio estilístico y la prosa está siempre al servicio de la historia, a diferencia de las novelas anteriores, en las que por mo-

---

* José Pedro Díaz, «La necesidad de lo imaginario», en Rómulo Cosse (ed.), *Juan Carlos Onetti. Papeles críticos,* op. cit., p. 27.

mentos parecía servir de pretexto a grandes efusiones de barroquismo estilístico.

En literatura, escribir «bien» o «mal» es una distinción algo confusa, que hay que tomar con pinzas. Escritores como Balzac y Céline escribían bastante mal desde el punto de vista de la gramática francesa, porque se tomaban audaces libertades con la sintaxis, violentándola, y prefiriendo a veces las expresiones y maneras del lenguaje popular y la jerga a la corrección y el buen decir. Y, entre los escritores de lengua española, éste fue también el caso de un Pío Baroja. Eso no impidió, más bien contribuyó, a que los tres fueran los escritores que ahora leemos con admiración. Porque su manera incorrecta de escribir era funcional, convenía a sus personajes e historias y sirvió para dotar a éstos de ese poder de persuasión que determina la grandeza de una obra literaria. En cambio, el panteón literario está lleno de escritores que escribían con absoluta corrección y cuyas obras han pasado sin pena ni gloria del desinterés del público a ese limbo donde vegetan tantos millones de libros olvidados.

El estilo de Onetti no es incorrecto, pero sí es inusitado, infrecuente, intrincado a veces hasta la tiniebla, a menudo neblinoso y vago, pues nos sume en la incertidumbre sobre aquello que quiere contar hasta que entendemos que lo que quiere contar es esa misma incertidumbre. Ese estilo es una creación personal sin la cual el mundo literario de Onetti no existiría y, en todo caso, sería irresistible por su pesimismo y negatividad. El estilo suyo lo crea, lo salva y lo redime a la vez.

Siempre abominó de la retórica y por eso en innumerables ocasiones dijo que detestaba a los escritores que «hacían literatura». Quería decir, los escritores que utilizan un tema como un pretexto para construir frases adornadas y exhibiciones estilísticas. Muchas veces repitió que el lenguaje debía estar al servicio de una historia y unos personajes y no al revés. «Pienso que el lenguaje debe ser un instrumento que cada escritor utiliza y renueva según su creación lo exija, pero en ningún momento como personaje», le dijo a Ramón Chao.*

El de Onetti es un estilo que podríamos llamar crapuloso, pues parece la carta de presentación de un escritor que, frente a sus personajes y a sus lectores, se comporta como un crápula. Ni más ni menos. Las características más saltantes de este estilo son casi todas negativas. Lo frecuente es que el narrador narre insultando a los personajes —llamándolos cretinos, bestias, animales, abortos, estúpidos, monos, hotentotes, etcétera— y provoque al lector, utilizando con frecuencia metáforas e imágenes sucias, relacionadas con las formas más vulgares de lo humano, como la menstruación y el excremento. En *La novia robada* el narrador dice del mes de marzo que empieza «sin violencia, tan suave como el kleenex que llevan y esconden las mujeres en sus carteras, tan suave como el papel, los papeles de seda, sedosos, arrastrándose entre nalgas».** En el mismo relato, poco después, habla de Moncha muerta, cita el «olor que te invade y te rodea» y dice que «empiezo a oler la primera, tímida, casi grata avanzada de tu podredumbre» (p. 324). En *El astillero,* el doctor Díaz Grey recuerda, al ver a Larsen, que éste

---

* Ramón Chao, op. cit., p. 173.
** Onetti, *Cuentos completos,* op. cit., p. 323. Todas las referencias a los cuentos de este capítulo son de esta edición.

«nunca me trajo alguna de las mujeres para que la abriera innecesariamente con el espéculo».[*] De otra parte, es un estilo que convierte en valores los desvalores, en constante entredicho con la moral y el buen gusto entronizados. Cuando está ya casi por finalizar la novela, Larsen, en *El astillero,* «Necesitaba un pequeño hecho infame, como se necesita un tónico o un vaso de alcohol» (p. 224). En su penúltima novela, *Cuando entonces,* se anuncia de esta manera a un personaje: «Más puntual que la menstruación [...] aparecía Cayetano»[**].

En esta misma novela, el periodista Lamas, narrador de varios episodios, dice, en un momento, a su interlocutor: «Si seguimos con las jarritas, soy capaz de decirle que el idiota parecía un noble de alguna de esas noblezas indias que vivían en el continente hasta que apareció, por error, la peste genovesa, don Cristóforo, y arrastró a centenares de delincuentes españoles en busca de oro y más oro. Mire, los que estuvieron bien fueron sus charrúas que se comieron, a las brasas, a Díaz de Solís». La breve frase es un compendio genial de agresiones y diatribas. En ella, se insulta al oficial sobre el que Lamas está contando una historia («idiota»), a los genoveses («la peste genovesa»), de donde salió Colón («don Cristóforo»), a los conquistadores españoles («a centenares de delincuentes») y a la colonización de América como una mera empresa de rapiña («en busca de oro y más oro»). Y se elogia

---

[*] Juan Carlos Onetti, *El astillero,* prólogo de Antonio Muñoz Molina, Barcelona, Biblioteca Breve, Seix Barral, 2002, p. 109. Todas las citas de esta novela son de esta edición.

[**] Juan Carlos Onetti, *Cuando entonces,* en *Obras completas. Novelas II (1959-1993),* edición de Hortensia Campanella, Barcelona, Galaxia Gutenberg / Círculo de Lectores, 2007, p. 899.

—un elogio envenenado— a los indios charrúas por practicar el canibalismo («que se comieron, a las brasas, a Díaz de Solís»). Nada ni nadie se salva de ese estilo que va infectando todo lo que nombra de un miasma, de una entraña vil, despreciable o ridícula. Ese lenguaje no es privativo de personajes aislados en el mundo de Onetti. Es una lengua común, en la que indistintamente se expresan narradores y personajes, un lenguaje que termina por crear un medio ambiente, un paisaje que da autonomía y personalidad propia al mundo creado. Ese lenguaje crapuloso es ingrediente principal del «elemento añadido» por la ficción al mundo real.

Se podrían citar decenas de ejemplos como éstos en los que el lenguaje de Onetti adopta como términos de comparación todo aquel aspecto de lo humano que la moral, las convenciones, el buen gusto o el pudor tienden a disimular —humores viscerales, menstruaciones, hemorragias, secreciones, así como deseos y apetitos deshonestos, asquerosos y malvados—. Eladio Linacero se describe a sí mismo en *El pozo* «oliéndome alternativamente cada una de las axilas». «Llegó la hora feliz de la mentira», anuncia el narrador de *La novia robada* al comenzar a contar su historia, y Carr, el narrador-personaje de *Cuando ya no importe,* poco menos que se despide del lector identificándose con esta sombría convicción: «Cuando me presentan a alguien me basta saber que es un ser humano para estar seguro de que peor cosa no puede ser».

No hay que confundir esas vulgaridades y provocaciones del estilo de Onetti con las que salpican también el de un Rabelais y que, según mostró Mijaíl Bajtín, proceden de la cultura popular y dan a las páginas de *Gargantúa y Pantagruel* la vitalidad sabrosa, chusca y pintoresca del habla callejera, algo que ocurre también con el lenguaje de las novelas de Louis-Ferdinand Céline.

LA HUELLA DE UN «MALDITO»: CÉLINE

Otra huella inequívoca tanto en el estilo como en la visión pesimista, individualista y anárquica de Onetti es la de un escritor «maldito», el francés Louis-Ferdinand Céline (1894-1961) —su verdadero nombre era Louis-Ferdinand Destouches—, a quien, por sus repugnantes panfletos antisemitas y sus simpatías hitlerianas, muchos críticos y lectores se resisten a reconocerle la genialidad literaria. Pero, la tuvo, y sus dos primeras novelas (luego, la calidad de su obra caería en picada), *Voyage au bout de la nuit* (1932) y *Mort à crédit* (1936), dos obras maestras indiscutibles, significaron una verdadera revolución de corte apocalíptico en la literatura narrativa. Ambas novelas, pero sobre todo la primera, son una suerte de vómito bilioso, de alta factura literaria, contra la guerra, los gobiernos, el patriotismo, el colonialismo, el comercio, la industria, el trabajo, las creencias y las profesiones. La vida social y la mera existencia aparecen como una maldición y una penitencia en la que los seres humanos tratan de sobrevivir valiéndose de todo, incluidas las peores armas de que disponen: la mentira, el engaño, la fuerza bruta, la corrupción, el crimen. La visión es tan negativa y deprimente como la de Onetti, aunque la de éste es menos teatral y apocalíptica y con escenas de humor menos macabro y delirante que el de

Céline. Pero Ferdinand Bardamu, el héroe y narrador de *Viaje al fin de la noche,* podría perfectamente instalarse en Santa María y abrir su consultorio junto al de Díaz Grey, pues es también médico e igual de cínico e inescrupuloso en el ejercicio de la medicina como el sanmariano. Los mundos de Onetti y Céline están poblados por gentes aquejadas de una epidemia colectiva: la mediocridad, el fracaso, el resentimiento y la sordidez. En ambos subyace una propensión escatológica y una violencia latente que, con el menor pretexto, asoma en las conductas y causa sufrimiento y desgarros por doquier. Y, en ambos, parece inconcebible que aparezcan en las relaciones humanas la generosidad, el idealismo, las buenas intenciones, el desprendimiento y la solidaridad. Incluso el amor, cuando brota, se corrompe rápidamente, pues se convierte en un instrumento de abuso y de dominio, y, a veces, de autodestrucción.

Pero es sobre todo en el estilo en que las semejanzas entre ambos son importantes. Se entiende que en sus artículos de juventud, cuando trabajaba en *Marcha,* sobre todo, Onetti mencionara tantas veces y con tanto entusiasmo a Céline, aunque nunca dedicara un largo ensayo a su obra, sólo un breve artículo: «Para Destouches, para Céline», que apareció en *Marcha,* el 1 de diciembre de 1961.[*]

El artículo, en el que Onetti proclama que *Viaje al fin de la noche* es «una de las mejores cosas hechas en este siglo» y que Céline fue «hombre de un solo libro», critica la traducción de esta novela hecha por Armando Bazán y publicada por Fabril Editora,

---

[*] Reproducido en Onetti, *Réquiem por Faulkner y otros artículos,* op. cit., pp. 154-158. Todas las citas proceden de esta edición.

en la Argentina. Onetti deplora que el libro haya sido traducido en «un correcto español [...] en lugar de preferir la grosería y el desaliño de Roberto Arlt». La observación es justa, desde luego, pero hay que añadir que el lenguaje de Céline es simplemente intraducible con absoluta fidelidad, por su visceral identificación con el *argot*. Las versiones en otras lenguas, opten por un lenguaje «correcto» o por equivalentes de lenguaje popular —como el lunfardo porteño—, inevitablemente desnaturalizan parcial o totalmente un estilo que toma su música y sus metáforas, su vulgaridad y sus desplantes, su humor desmesurado y truculento, de una forma de expresión identificada con una clase social y un tiempo histórico circunscritos a Francia. Es justa sin embargo la protesta de Onetti contra Bazán por «amansar, adecentar, licuar a Luis Ferdinando Céline», convirtiendo al «sucio perro rabioso llamado Destouches» en «este bien criado pomerania» de su traducción. Esta última frase muestra, mejor que cualquier otra demostración, el estrecho parentesco del estilo de Onetti con el de Céline. No hay duda que la lectura de Céline lo ayudó a elaborar ese estilo «crapuloso» del que, en otra lengua y en otro contexto social e histórico, Céline fue un verdadero fundador (para citar algunos ilustres continuadores suyos, bastaría nombrar a Henry Miller, Charles Bukowski y Jean Genet).[*]

El estilo de Céline es agresivamente antiliterario y deliberadamente incorrecto, elaborado a partir

* Uno de los escasos críticos que ha destacado la influencia de Céline sobre Onetti es Alonso Cueto, que en su excelente tesis doctoral, por desgracia aún inédita, *La ley de la vejez y de la ciudad en Onetti* (The University of Texas at Austin, 1984), señala con mucha pertinencia las semejanzas con que ambos autores perciben la vejez y la muerte, e ilustra este análisis con lo parecidos que son los narradores de *Bienvenido, Bob* y de *Mort à crédit* (v. pp. 59 y 60).

del habla de la calle, impregnado de expresiones de jerga y de una violencia imprecatoria que, en los momentos de mayor expresividad, se vuelve poesía, una poesía de la mugre y la sordidez, del odio y la rabia, de una fuerza persuasiva que marea y deslumbra al lector al mismo tiempo que lo asquea y asusta. Y que, a veces, por sus desplantes de humor negro enloquecido, lo hace reírse a carcajadas. Cuando Onetti insistía tanto en que el verdadero escritor era aquel que se volcaba entero, sin subterfugios ni trampas, a la hora de escribir, pensaba seguramente en esas páginas ardientes, estremecidas de vituperios y de dolor, que dan a *Viaje al fin de la noche* y a *Muerte a crédito* su irresistible poder hipnótico.

El estilo de Onetti es menos vitriólico que el de Céline pero tan irrespetuoso como el de éste con los valores establecidos y las buenas maneras, un estilo que, nacido en la placenta nutricia de la lengua hablada, ha experimentado sin embargo una sutil reelaboración literaria, que, a la vez que le confiere la apariencia de frescura y espontaneidad del lenguaje oral y callejero, constituye una creación estética muy eficaz para expresar una visión personal y siniestra del hombre y de la vida. Esta visión coincide con la de Céline en ciertas convicciones esenciales: que no hay esperanza, que los seres humanos son una horda repulsiva de resentidos, mezquinos, mediocres y malvados y que sólo destacan y sobreviven entre ellos los peores. Y, al mismo tiempo, tanto Céline como Onetti fueron capaces —es el gran misterio del arte y la literatura—, con semejantes materiales deleznables, de construir una obra literaria cuyo vigor, belleza y coherencia a ambos los redimía y salvaba de la desesperación.

No es una manera de acercar su literatura a la «chusma», a los estratos más primarios de la sociedad, lo que lleva a Onetti a impregnar su estilo de alusiones malsonantes. Es una manera de penetrar en la intimidad más profunda de la naturaleza humana y de mostrar que ella es puerca y malvada, aunque los hombres y las mujeres, esos hipócritas, se empeñen en ocultarlo y pretendan vivir representando el bien, el buen gusto y los buenos sentimientos. Debajo de esas apariencias hay una verdad incómoda y desagradable que es la que documentan las historias de Onetti: una visión profundamente pesimista de los seres humanos y de la civilización, debajo de cuyos ritos y formas sus ficciones muestran, una y otra vez, la supervivencia de los instintos destructivos, el egoísmo, la maldad, la mentira, la envidia y los extremos vertiginosos de cinismo y crueldad a que pueden llegar hombres y mujeres azuzados por el apetito sexual, la codicia y la sed de poder. Pero, atención, quien pinta este cuadro tan sombrío de la vida humana no es un moralista edificante, no se propone señalar el mal para conjurarlo. Por el contrario, nada le merece tanto desprecio como ese moralismo retórico de los supuestos redentores, en los que ve redomados farsantes, lobos disfrazados de corderos. Él no predica ni combate a favor de un cambio de conductas y de políticas de redención, por la sencilla razón de que en su visión de los hombres no hay esperanza alguna de expiación y conversión hacia el bien: el mundo es, ha sido y seguirá siendo una pesadilla con intermitentes paréntesis de exaltación o extravío que parecen ser la felicidad —estados que producen el alcohol o el sexo, por ejemplo— cuando en verdad no son más que fugas momentáneas hacia la ficción, esa otra vida fantaseada en la que se refugian hombres y mujeres para escapar a su destino y de la que vuelven más frustrados y dolidos a esta realidad impregnada por el mal. Eso es exactamente lo que representa ese lenguaje crapuloso en el que toma cuerpo el «mundo real» de los cuentos y novelas de Onetti: esa tara ontológica, esa esencia nociva y siniestra que, como los hilos del titiritero, mueve y agita a los seres humanos y, en última instancia, inspira todo lo que hacen o dejan de hacer. El estilo crapuloso de Onetti no es una técnica literaria, un afeite formal llamativo del discurso literario: es la sustancia misma de que está hecha la vida humana, una «naturaleza» que, a diferencia de lo que la filosofía existencialista, en su versión sartreana, sostenía —que la existencia preside a la esencia y la crea—, muestra exactamente lo opuesto: que hay una esencia malévola, siniestra y vil —pecadora, dirían los creyentes— que se manifiesta en esas existencias de hombres y mujeres con una propensión irresistible a hacer el mal y a sufrirlo y que no tienen otra escapatoria a esa atroz condición que los viajes imaginarios que fraguan hacia la efímera ficción. Ésta es siempre preferible a la realidad real para los sanmarianos, como lo manifiesta con gracia y delicadeza un relato de Onetti publicado el año 1953: *El álbum*. Está contado por un adolescente Jorge Malabia —todavía un escolar— que vive un curioso romance con una forastera, que llega a Santa María tan misteriosamente como se va. Durante su estancia en la ciudad, se aloja en un hotel. Allí cuenta a su joven enamorado aventuras en lugares exóticos, que él cree imaginarias y que la mujer dice haber vivido en Egipto, en Escocia, en Francia, en California. Él las escucha embelesado y las comparte con su fantasía. Pero cuando ella parte, él recupera su maleta, escudriña su interior y descubre, en un álbum de fotografías, que todas aquellas historias eran ciertas, se lleva una gran decepción. Lo dice con toda la crapulosa elegancia del estilo de Onetti: cada una de esas fotos «hacía reales, *infamaba* cada una de las historias que me había contado, cada tarde en que la estuve queriendo y la escuché».*

Este estilo, como vemos en *El álbum,* no está hecho de manera uniforme y exclusiva de estas materias escabrosas. A ratos, se vuelve paródico y estalla en él un humor cáustico y devastador. Ocurre siempre que ridiculiza los tópicos que envaran y contaminan de falsedad y retórica hueca el lenguaje, los discursos patrióticos por ejemplo, la demagogia de los políticos, los latiguillos de la publicidad, los lugares comunes de la cortesía, de los diálogos sentimentales y, en general, todo lo que es convencional e insincero. Sin embargo, hay cierta contradicción entre ese afán de autenticidad, de rechazo de lo convencional e impostado, de los lugares comunes y de las palabras utilizadas de modo meramente retórico —no para formular una idea precisa sino para levantar un espectáculo verbal— y la tendencia, muy visible sobre todo en las primeras novelas, como *Tierra de nadie* y *Tiempo de abrazar,* que luego, es cierto, se encogió aunque nunca sin desaparecer del todo, del estilo de Onetti de caer de pronto, por frases o párrafos, en el verbalismo, un discurso que es forma sin fondo, exhibición de palabras y frases que guardando cierta apariencia de profundidad resultan, sometidas a un minucioso escrutinio, pura aparien-

---

* Onetti, *Cuentos completos,* op. cit., p. 188. El énfasis es mío.

cia, espectáculo sin contenido. En esto también Onetti coincidió a veces con Faulkner y sus esporádicos fuegos de artificio verbales.

Al mismo tiempo, en ciertas ocasiones, el estilo de Onetti puede, de pronto, alcanzar una extraordinaria delicadeza al describir un paisaje, un estado de ánimo, la expresión de una muchacha joven a la que este mundo sucio no ha tenido todavía tiempo de envilecer, y secretar ternura, piedad y un aliento de exquisita poesía, a veces por el brevísimo instante de una frase, bocanadas de viento puro y fresco, que indemnizan al lector de esas largas inmersiones en la desmoralización o el asco en que suelen sumirlo las historias de Onetti. Estas hechiceras experiencias ocurren con más frecuencia que en otras ficciones en *El astillero,* la novela que publicó en 1961.

V. *El infierno tan temido* (1957)

En los once años que median entre sus novelas *La vida breve* (1950) y *El astillero* (1961) Onetti vivió los primeros cinco todavía en Buenos Aires y los siguientes seis en Montevideo, adonde regresó en 1955. En ese periodo no escribió novelas pero sí cuentos y relatos largos, algunos de ellos magníficos y por lo menos otra obra maestra absoluta: *El infierno tan temido* (1957). Tres años antes que este intenso y luciferino cuento publicó *Los adioses* (Buenos Aires, Editorial Sur, 1954), una novela breve que está dedicada a Idea Vilariño. En los años venideros, Onetti diría que este libro «era como un hijo preferido, sin que tenga que ver con su belleza o bondad».* El impulso que hizo nacer este relato fue un trabajo periodístico para la revista en la que trabajaba, *Vea y Lea,* que lo llevó a visitar, en Córdoba, un sanatorio y entrevistar a un famoso cirujano. Éste le permitió asistir a dos operaciones, una de cerebro y otra de columna vertebral. Según Dolly Onetti esta experiencia dejó en su memoria una impronta muy grande e inspiró *Los adioses.* Es un hermoso relato, sin duda, aunque sin la grandeza y poderío de sus mejores historias.

El cariño que le profesó acaso tenga que ver con la persona a la que está dedicado, la poeta uru-

---

* Véase «Sobre *Los adioses*», en Juan Carlos Onetti, *Obras completas. Novelas I (1939-1954)*, op. cit., p. 966.

guaya Idea Vilariño, con quien Onetti mantuvo una larga y algo traumática relación pasional, que parece haber marcado fuertemente la vida de ambos, pero sobre la cual tanto él como ella guardaron siempre reserva. Idea Vilariño es una de las poetas más intensas que hayan aparecido en nuestra lengua, aunque, por desgracia, su obra, en la que figuran también algunas excelentes traducciones de Shakespeare, a diferencia de la de Onetti, que pese a la indiferencia de éste por él éxito y la publicidad llegó al fin y al cabo a ser apreciada en un ámbito internacional, no ha tenido fuera de su país el reconocimiento que merece. Sólo el libro que dedicó a Onetti, *Poemas de amor* (1957), testimonio cifrado de la apasionada y conflictiva aventura sentimental y sexual que compartieron, con sus austeros y lacónicos pero desgarrados y lacerantes versos de dolor animal o de goce, exaltación, frustración y nostalgia —todos los estados del amor pasión condensados en una poesía donde cada palabra, a veces cada sílaba, arde como una brasa—, bastaría para hacer de la suya una de las voces líricas más puras y ardientes de la poesía erótica moderna. Pocos poetas modernos en América Latina han usado el lenguaje de una manera tan ascética y descarnada para expresar con tan desconcertante mezcla de elocuencia, coraje y pudor su intimidad. Nacida en 1920, en el seno de una familia de convicciones anarquistas, como indica el nombre de pila que le pusieron —Idea—, ella ha estado en su vida muy identificada con la izquierda radical y la revolución cubana, pero su poesía más original y creativa no es social ni política, sino intimista e individual, impregnada de angustia existencial y cierto pesimismo. Sólo una vez hablé con ella, en 1966, y mi memoria conserva muy viva todavía la impresión que me causaron su belleza, su elegancia intelectual y lo bravío de su personalidad. Cinco minutos con ella me bastaron para creer a pie juntillas que toda la efervescente mitología que habían fantaseado sobre sus amores con Onetti los mentideros montevideanos no sólo era posible sino estaba probablemente por debajo de la realidad.

Los adioses no ocurre en Santa María sino en lo alto de la cordillera, donde hay un sanatorio para tuberculosos. Está narrada por un almacenero, ex tuberculoso, testigo de los sucesos, el narrador-personaje frecuente en las ficciones de Onetti. El protagonista, enfermo del pulmón, parece dividido entre dos mujeres, una mayor, con un hijo, y una mujer joven que al final de la historia se descubre es su hija. Aunque no se diga de manera explícita, una serie de indicios permiten suponer que hay o ha habido una relación incestuosa entre el hombre, que fue un basquetbolista famoso, y la muchacha. Y tal vez ello explique el suicidio —otro suicida más en el mundo de Onetti— del padre, que se mata de un balazo.

La historia está escrita de una manera más contenida y precisa que otras ficciones de Onetti, con menos retórica y ramificaciones, aunque adolece de una convención algo difícil de aceptar por el lector: que el almacenero, un pobre hombre sin mayor cultura ni vuelo intelectual, reflexione de manera tan literaria y tan profunda en torno a lo que cuenta. El relato está constelado de datos escondidos, administrados con eficacia, y que, como la revelación final, que la muchacha es hija del protagonista, revolucionan la historia y la transforman en algo distinto —más complejo, más sórdido, más violento— de lo que parecía. Aunque es anterior, esta novela recuerda las novelas «objetalistas» de lo que se llamó en Francia el *nouveau roman* de Robbe-Grillet y Claude Simon, por la neutralidad con que está referida la historia y las escisiones y silencios que la rodean, exigiendo al lector constantemente usar su imaginación para llenar los deliberados vacíos y dar sentido y totalidad a lo que se cuenta. Al igual que casi todas las ficciones de Onetti, en *Los adioses* aparece el mismo pesimismo que es el aire de su mundo, el convencimiento de que por debajo de la superficie del orden y la normalidad aparentes hay un destino corrompido, cruel y sin esperanza para todos los seres humanos sin excepción.

A partir de la cuarta edición, *Los adioses* se publica acompañado del estudio de Wolfgang A. Luchting, «El lector como protagonista de la novela», que a Onetti le gustó mucho. Debieron ser razones muy subjetivas las que entusiasmaron a Onetti con las banalidades de este ensayo. A Luchting se le escapó el detalle más importante de la historia: la posibilidad de que entre el ex basquetbolista y su hija haya una relación incestuosa. Este supuesto, aunque incierto, es central, pues explica el misterio que ambos se empeñan en guardar ante el almacenero, la mucama y el enfermero sobre su parentesco. ¿Por qué lo ocultarían, si no? De otro lado, esta relación culpable da sentido a la sorda tensión que existe entre la mujer madura y la hija del hombre que se suicida. En una nota que escribió Onetti sobre la novela y la crítica de Luchting dijo que faltaba «una media vuelta de tuerca que nos aproxime a la verdad, a la interpretación definitiva» (*Obras Completas. Novelas I*, p. 722). Sin duda, aquello sólo podía querer decir que se hiciera más explícito el dato escondido elíptico del incesto.* Comentando este relato de Onetti, Hugo J. Verani señaló algo muy exacto: que en Onetti hubo siempre «predilección por las enfermedades que carcomen [...] como el cáncer, la tuberculosis o la locura».**

Al volver a instalarse en Montevideo, en 1955, Onetti trabajó en el diario *Acción* y, como algunos de sus amigos escritores y periodistas —Hortensia Campanella menciona a Manuel Flores Mora, Carlos Maggi y Luis Hierro—, se vinculó al Presidente de la República, Luis Batlle Berres, de quien se hizo muy amigo (a él le dedicará *El astillero*). La relación con este mandatario, líder del Partido Colorado, parece haber sido en el caso de Onetti más personal que política —su indiferencia, para no decir desprecio, del quehacer político fue una constante en su vida, muy acorde con su visión pesimista de la historia y del ser humano—, aunque trabajara en un periódico que se alineaba estrechamente con la política gubernamental. Ese mismo año de 1955 contrajo matrimonio por cuarta vez, ahora con Dorotea Muhr (Dolly), quien lo acompañará hasta el final de sus días y será no sólo su esposa sino su compañera, su secretaria y su ángel de la guarda.

En 1956 Onetti viajó a Bolivia, invitado por el gobierno de ese país, junto con otros tres periodistas

---

* En un artículo posterior a su ensayo sobre *Los adioses* el propio Luchting reveló que, en una cena en casa de Onetti, en Montevideo, preguntó a éste «cuál era esa media vuelta de tuerca final, cuál aquella interpretación definitiva» y que la respuesta de Onetti «fue brevísima y, en efecto, riesgosa: "Incesto", dijo Onetti». Véase Wolfgang A. Luchting, «¿*Esse* acaso ya no *est percipi*?», en *Texto Crítico*, Xalapa, año VI, núms. 18-19, Onetti en Xalapa, julio-diciembre de 1980, pp. 241-248.

** Hugo J. Verani, «En torno a *Los adioses* de Juan Carlos Onetti», en Helmy F. Giacoman, *Homenaje a Juan Carlos Onetti*, Nueva York, Anaya / Las Américas, 1974, pp. 161-180.

uruguayos. Un día que, con sus compañeros, había salido fuera de La Paz, encontraron a un campesino, que los detuvo en medio de la carretera. El hombre estaba borracho. Armado de un fusil, comenzó a amenazarlos, apuntándolos. «No los mates», le lloraba su mujer, prendida a él. Finalmente, el hombre disparó y las esquirlas del proyectil, que dio en el cristal del auto, hirieron a uno de los periodistas. Onetti recordaría siempre este episodio, en el que vio la muerte cerca, como un presagio de futuras desgracias.

Su vida, en estos años, parece haber sido, como la que llevó en su largo autoexilio porteño, la de un ser huraño y antisocial, reacio a frecuentar el mundillo literario y a la autopromoción, bebedor contumaz, noctámbulo empedernido y siempre con un puñadito muy selecto de amigos —entre ellos Paco Espínola— con los que solía reunirse en el Café Metro, de la plaza Cagancha, mujeriego y, al mismo tiempo, de vida aislada, rutinaria e inconspicua.

1957 es un año importante en su vida. Por una parte, y gracias a su amistad con el Presidente Batlle Berres, consigue un empleo burocrático —«casi una beca» solía decir— con el que puede congeniar sin dificultades sus lecturas y su escritura —director de Bibliotecas Municipales de Montevideo— y en el que permanecerá cerca de dieciocho años. Y porque ese año publica uno de los más admirables relatos que hayan visto la luz en el siglo XX, en cualquier lengua.

En efecto, en 1957, en *Ficción,* una revista argentina, aparece *El infierno tan temido,* el más extraordinario de sus cuentos y, acaso, la más inquietante exploración del fenómeno de la maldad humana —lo que los cristianos entienden como el pecado original— de la literatura en nuestra lengua, un cuento que merecía figurar en el libro que Georges Bataille, acerado espeleólogo de la crueldad e irracionalidad, dedicó a estudiar la relación entre *La literatura y el mal.* Este texto solo bastaría para hacer de Juan Carlos Onetti uno de los más personales y profundos escritores de nuestro tiempo. Según el propio Onetti, el tema de este cuento se lo refirió Luis Batlle Berres —una historia que habría ocurrido en Montevideo— a la vez que «Me advirtió que yo carecía de la pureza necesaria para transformarla en un relato».* En verdad, se equivocaba, pues Onetti convirtió una ocurrencia probablemente banal y vulgarmente melodramática en una escalofriante exploración de la naturaleza humana.

Las pocas páginas de que consta *El infierno tan temido* son engañosas, pues, aunque la historia parece de entrada claramente inteligible, la verdad es que toda ella está cargada de sobreentendidos, alusiones, pistas, referencias, omisiones y acertijos que permiten lecturas muy diversas y hacen de ella una suerte de palimpsesto en el que distintos niveles superpuestos de escritura trazan una inquietante descripción de la vocación de crueldad congénita a la condición humana.

La historia transcurre en Santa María, en el mundo de los periodistas del diario *El Liberal,* y para su cabal comprensión es importante subrayar que se trata de un mundo de gentes grises y mediocres, con un horizonte vital pequeñito, roído por la frustración y la rutina. Esto es lo que representa el periodista Risso, especialista en carreras de caballos, cuyas crónicas hípicas, por los párrafos que llegamos a leer de ellas,

---

* Juan Carlos Onetti, *Réquiem por Faulkner y otros artículos,* op. cit., p. 198.

son sartas de lugares comunes y vanidosas afirmaciones autorreferentes. Lo mismo podría decirse de la otra protagonista, la actriz Gracia César, con la que Risso se casa luego de enviudar de su primera mujer. También ella parece una figura de segundo plano en la Cooperativa Teatral El Sótano en la que trabaja cuando Risso la conoce, alguien que nunca descollará, que permanecerá siempre en esa medianía de papeles que ya ha alcanzado. Y es precisamente porque son tan poca cosa, mera gente del montón, que nos impresiona tanto que ambos vivan una historia tan atroz —ella infligiéndola y él soportándola, por lo menos a primera vista, aunque, como veremos, ni siquiera esto resulta tan definitivo—, una de esas experiencias que, desde la tragedia griega, estamos habituados a relacionar con los dioses, los reyes y los héroes, no con las gentes del común.

Resumido en cuatro palabras, *El infierno tan temido* es la historia de la venganza de Gracia César, cuando su marido, el periodista Risso, se divorcia de ella y la abandona al enterarse por ella misma que, en una de las giras de la compañía teatral por provincia, su mujer se ha acostado con un desconocido. Esto parece una historia más bien convencional, casi tópica, pero deja de serlo por la naturaleza de la venganza que lleva a cabo Gracia César: enviar a su ex marido fotografías en las que se la ve copulando con los amantes de ocasión con los que se acuesta a lo largo y ancho de Sudamérica. Es una venganza astuta, sutil y diabólica, porque presupone algo que ni siquiera el pobre Risso sospechaba, que sólo se revela a su conciencia mientras padece aquel vía crucis: que, pese a haber tomado él la iniciativa de divorciarse, la presencia de Gracia

César en su vida es todavía lo bastante fuerte como para que esas fotografías lo hagan sufrir lo indecible, lo vayan enloqueciendo y finalmente lo empujen al suicidio. En *El astillero,* Larsen, cuando visita El Chamamé, un barcito de gentes miserables, piensa «que un Dios probable tendría que sustituir el imaginado infierno general y llameante por pequeños infiernos individuales. A cada uno el suyo, según una divina justicia y los méritos hechos» (p. 171). Este «pequeño infierno individual» es el que describe *El infierno tan temido,* vivido por Risso. ¿Es sólo amor escarnecido lo que lo lleva a desesperarse de ese modo y matarse? ¿O influyen en esa decisión la vanidad lesionada, el machismo, la humillación de saber que esas fotos, como una peste maligna, han comenzado a circular por la redacción de *El Liberal* y que una de ellas ha llegado incluso a manos de su hija? Es todo eso, sin duda, y algo más, que escapa ya del dominio de lo afectivo y pasional y roza esa intimidad difícil siempre de apresar que llamamos condición humana o —los creyentes— el alma.

¿Se trata sólo de una venganza? Es lo que cree Risso, pues, como buen pobre diablo que es, no sospecha, o, mejor dicho, no se atreve siquiera a maliciar que esas fotos puedan obedecer a un propósito más trascendente que las pequeñas miserias humanas, como los celos y el despecho. Pero cuando nos acercamos a escudriñar la historia descubrimos que, precisamente por la desmesura que tiene la conducta de Gracia César, llamarla una mera venganza conyugal es insuficiente. Por lo pronto, en el texto del relato hay, tanto de parte del propio Risso como del narrador omnisciente que narra desde muy cerca de la intimidad de Gracia César, indicios de que esas fotos que envía de ella misma revolcándose en la cama con hombres diversos, podrían ser un retorcido y sadomasoquista mensaje de amor. A esta conclusión llega el periodista aquella larga noche de angustia y desvelo en la que decide ir a buscar a Gracia César allí donde esté para volver a vivir con ella, decisión que se frustra porque antes llega la foto enviada por la actriz a la hijita de Risso, el puntillazo que lo aniquila. Desde luego que esta interpretación de las aviesas fotos no es imposible.

El amor, mezclado con el odio, es tal vez lo que puede explicar el extraordinario sacrificio que se inflige a sí misma Gracia César para poder enviar esas fotografías. De ella sabemos que fue una muchacha nada proclive al sexo, que conservó su virginidad con los dos primeros novios que tuvo, y el sexo no fue tan importante en su vida de casada, pues el relato nos hace saber que, precisamente, las primeras dificultades en la pareja se debieron a que para Risso el sexo era lo primordial y para ella, en cambio, algo secundario. De manera que, en esa confusa urdimbre de los instintos y pasiones humanas que *El infierno tan temido* saca a flote con tanta maestría no es descabellado ver, en la conducta de Gracia César, un retorcido mensaje de amor.

Si es así, hay en la joven actriz una secreta vocación de heroísmo y martirio. Pues, a fin de hacer llegar este parabólico mensaje a su ex marido, debe imponerse antes algo que, para una persona como ella, que no es promiscua ni ninfómana, constituye sin duda un quehacer doloroso y degradante: recolectar tipos por la calle en las ciudades que visita y acostarse con ellos sin deseo, forzándose a simular un placer que no siente, sólo para poder tomar aquellas fotografías que, cuando empieza a enviarlas a los colegas de Risso, como el viejo Lanza, exiliado español y corrector de pruebas de *El Liberal,* van a hundirla en el descrédito ante los ojos de todo Santa María. No sólo Risso padece a consecuencia de aquellas fotos; Gracia César también y acaso más que él porque en ese mundo machista que, ya lo hemos visto, es el de Santa María, hay una doble moral, una para los hombres y otra, mucho más severa e implacable, para las mujeres.

La grandeza del cuento está en hacernos sentir, por la manera ambigua y tortuosa en que está contado, que esas interpretaciones pueden ser todas ellas posibles, pero, al mismo tiempo, incompletas. Hay algo más que parece oculto en las anfractuosidades de esa historia que distintos narradores nos van narrando de manera alternada, mediante mudas a veces muy veloces —un narrador omnisciente que narra desde una tercera persona, una voz colectiva que parece representar al conjunto de amigos de Risso o a sus colegas en el diario («Cuando Risso se casó, nos unimos todos...») y distintos narradores-personajes—, y que está constelada de datos escondidos, algunos meramente descolocados en el tiempo narrativo y otros silenciados del todo, de modo que el lector se vea obligado a llenar esos vacíos con su propia imaginación. Lo que resulta claro, o mejor dicho, lo que queda flotando en el ánimo del lector cuando, por la boca del viejo Lanza, se entera de que Risso se mató y por qué lo hizo, es que la conducta de Gracia César obedece no sólo a razones identificables, que hay en esa sucesión creciente de maldades que representa aquella lluvia de fotografías algo más permanente, algo menos condicionado por ciertos hechos y conductas del aquí y el ahora, precisamente eso a que nos referimos cuando empleamos palabras de difícil definición, como la maldad humana.

¿Qué es la maldad humana? ¿Un instinto autodestructivo que el sujeto desvía hacia el prójimo para evitar que lo asfixie y lo liquide? ¿La manifestación de un oscuro trauma de infancia que empuja a quien lo ha vivido a desagraviarse a sí mismo infligiendo a los demás el sufrimiento que él ha padecido y sigue padeciendo y del que hace responsable a la humanidad entera? ¿Una congénita e incurable enfermedad del alma con la que expiamos la falta original, esa impía desobediencia con que ejercitamos la libertad con que nos ha dotado nuestro Creador? Hay muchas definiciones, religiosas y laicas, y todas son insuficientes en el plano teórico. Pero en algunos casos excepcionales, como en el de *El infierno tan temido*, la literatura ha sido capaz, sin necesidad de definirla, de mostrar esa representación del mal que nos habita y que, en determinadas circunstancias, reaparece una y otra vez en las relaciones humanas como una amenaza permanente a la convivencia entre personas, razas, sociedades y culturas y fuente nutricia de las peores catástrofes de la historia.

La «venganza» de Gracia César deja de serlo y se convierte en algo menos personalizado, en algo más general y misterioso, cuando sus fotos ya no sólo hieren a Risso, sino a seres absolutamente inocentes contra los cuales la actriz abandonada no tiene cuenta alguna que saldar, como la suegra del periodista y, sobre todo, la hija. En el caso de esta última el efecto de la foto tiene además el agravante escandaloso de la impudicia: la imagen de esa pareja que copula aniquila presumiblemente la inocencia de la niña. ¿Por qué ha dado ese salto cualitativo la conducta de Gracia César? Es probable que ella misma sea incapaz de explicarlo, porque el acto, en sí, no tiene otra explicación que la de querer hacer daño por el placer o la necesidad de hacerlo. Eso es el mal, precisamente, en su proyección metafísica y teológica: una fuerza o inclinación que orienta de manera irresistible la conducta humana, o, todavía peor, se vale de ella para sembrar en torno el dolor, la frustración, el rencor, el odio y todas las pasiones destructivas que están detrás de las guerras y salvajismos colectivos o individuales de la historia.

La soberbia maestría con que está contada esa pequeña tragedia en la que se halla contenida, como en una semilla, la visión más sombría de la condición humana, una visión secretamente cristiana inspirada en la naturaleza malvada que el hombre arrastra desde que cometió el pecado original, hace que la historia de Risso y Gracia César parezca autosuficiente, engendrándose a sí misma, sin siquiera pasar por el lenguaje. El estilo es tan eficazmente funcional desde la primera hasta la última línea que parece invisible, no estar allí, desaparecer en lo que narra, el supremo éxito de una ficción: no parecer escrita sino ocurrida, vivida. Los narradores que la cuentan se alternan con gran discreción, de manera que los lectores ni siquiera somos conscientes de que no es una voz, sino varias, las que nos van relatando la historia. Y estas mudas de narrador, combinadas con los puntos de vista espaciales que experimentan también mudas constantes —alejando o acercando a los personajes, presentando directamente lo ocurrido o distanciándolo y relativizándolo a través de intermediarios—, permiten que resulte verosímil todo aquello que, de otro modo, difícilmente hubiera sido creíble o aceptable para el lector.

Astucia suprema de la estrategia narrativa de la historia es la distancia en la que se encuentra siempre de los lectores Gracia César desde que empieza a enviar las fotografías a su ex marido. Ha partido de Santa María, recorre distintas ciudades sudamericanas. Pero ¿qué piensa, qué intenta lograr con lo que hace? ¿Es la misma mujer que se casó ilusionada con ese periodista que le llevaba veinte años —ella tenía veinte y él cuarenta— o se ha convertido en un ser distinto, amargado, cruel e implacable? Imposible saberlo, porque en esta etapa de su vida sólo la conocemos, como Risso, por esas imágenes en que hombres distintos se enredan con ella en una cama. La distancia que la nubla y desrealiza hace que aceptemos esa conducta excesiva, desproporcionada, que probablemente nos parecería irreal —inverosímil— si la observáramos de cerca, como un quehacer cotidiano y próximo. Esa distancia entre la realidad narrada y la realidad de lo que ocurre es el espacio que ocupa la ficción, la gran protagonista del mundo creado por Juan Carlos Onetti. Al igual que el lector, Risso no sabe cómo es la Gracia César que envía las fotografías. Y, entonces, la inventa, imaginando de qué tretas se vale, en los cafés y bares de las ciudades que visita, para conseguir esos amantes transeúntes: qué les dice, qué razones les da para que acepten ser fotografiados antes o durante el acto del amor, y los problemas prácticos, la logística que aquella ceremonia requiere. Aquellas imágenes se convierten pronto en una obsesión para el periodista. Y, acaso, en algo más, pues así es el alma humana de tortuosa y enrevesada: en un acicate del deseo, en algo que, a la vez que lo hace sufrir, lo excita.

Por otra parte, tal como van apareciendo, superponiéndose a la vida de Risso, las fotografías de Gracia César son una ficción. El hecho material que representan —una pareja haciendo el amor— es apenas un ingrediente, y ni siquiera el principal, de su significado. Éste es exclusivamente mental: un mensaje cifrado, de lecturas diversas y contradictorias, una fantasía incierta para provocar otras fantasías en que Risso recibe e interpreta aquellas fotos de acuerdo a su propia problemática. Y el sangriento final de la historia, entre otras posibles lecturas, podría también interpretarse diciendo que la muerte por mano propia de Risso tiene asimismo un contenido simbólico, es como la muerte de la realidad ante la fulminante ofensiva de una demoledora fantasía. Porque eso es la Gracia César que queda en la memoria del lector: una silueta que se diluye, a lo lejos, nunca sabremos si satisfecha o frustrada, al enterarse de que sus ficciones y retorcidos espejismos sexuales han provocado ese mínimo cataclismo en la vida de verdad: la desaparición de Risso.

Entre 1957 y 1961, el año de la aparición de *El astillero,* Onetti parece haber llevado una vida tranquila y rutinaria en Montevideo, bien avenido con Dolly, conciliando sin dificultad su trabajo municipal, sus lecturas y su esporádico trabajo de escritor. En esos años escribe dos relatos largos, o novelas cortas, *Una tumba sin nombre* (1959), a la que, a partir de la segunda edición, en 1967, le cambiará el título, *Para una tumba sin nombre,* y *La cara de la desgracia,* dedicada a su mujer con aquella intrigante dedicatoria: «Para Dorotea Muhr. Ignorado perro de la dicha», así como otro de sus cuentos excepcionales, una pequeña obra maestra más de sus ficciones cortas, *Jacob y el otro* (1961), en el que revelará una vena cómica y pintoresca que hasta entonces no se le conocía.

La historia de *Para una tumba sin nombre* la resume quien la narra, probablemente el doctor Díaz Grey, de esta manera: «Que una mujer, Rita, pedía limosnas con falsos pretextos en la puerta de una estación ferroviaria, acompañada por un chivo, que le fue agregado, luego de largas meditaciones estéticas, por un hombre llamado Ambrosio» (p. 109. Cito por la edición de Calicanto / Arca, Buenos Aires, 1977). Ocurre, en parte al menos, en Santa María y por ella desfilan, o son mencionados, personajes ya conocidos entre los sanmarianos, como Jeremías Petrus y su fastuosa Villa, o el falansterio, del que se dice que sus miembros se reunían en la casa de la costa de Marcos Bergner. La historia misma es patética, desgarradora, y la estrecha relación entre la sirvienta Rita García y el chivo tiene reminiscencias faulknerianas flagrantes, sobre todo con la amorosa relación que traba, en *The Hamlet (El villorrio),* el idiota Ike Snopes con una vaca. Pero, en *Para una tumba sin nombre* la relación entre la muchacha y el animal es mucho menos turbia, más inocente y desinteresada, y llega hasta la inmolación: Rita está tuberculosa y lo poco que consigue, mendigando y contando fantasías a los viajeros y transeúntes, es para alimentar al desamparado animal. Así muere y su muerte es el principio de una historia que va retrocediendo en el tiempo, revelando, en dosis avaras, las instancias de su trayectoria.

La historia de Rita y el chivo está entreverada con la del niño rico de Santa María, Jorge Malabia, quien, durante un año, vive algo que podría llamarse su experiencia de abyección o vivencia crapulosa, esa dimensión de la vida que está siempre rondando a los personajes de Onetti. Abandona los estudios y hace que lo mantenga Rita, a quien crió la familia Malabia, y que, al parecer, fue sirvienta de la loca Bergner, la viuda del hermano mayor de Jorge. Fue amante de Marcos Bergner. Jorge Malabia se va a vivir con Rita y el chivo en un cuartito miserable, donde, sin hacer nada, tumbado en una cama, espera que la ex sirvienta le traiga cada noche la comida y el dinero que gana contando fantasías (viviendo la ficción) a los transeúntes o dedicándose a la prostitución. El pibe Malabia realiza, pues, en esta historia, y por el periodo de un año, el sueño que comparten casi todos los antihéroes de Onetti: ser un *macró*. Es de justicia, por eso, que sea él quien entierre a Rita en el cementerio de Santa María. El relato tiene una situación de base que es intensa y destila, como a contrapelo, esa piedad que se divisa a veces en las historias de Onetti pero no fluye con la desenvoltura de sus mejores historias. Una reflexión del narrador sobre su propio oficio es el mejor hallazgo estilístico de esta ficción: «Lo único que cuenta es que al terminar de escribirla me sentí en paz, seguro de haber logrado lo más importante que puede esperarse de esta clase de tarea: había aceptado un desafío, había convertido en victoria por lo menos una de las derrotas cotidianas».

La cara de la desgracia (1960) es una versión muy ampliada de un cuento publicado dieciséis años antes, *La larga historia* (1944), cuyo tema, es evidente, obsesionaba a Onetti. Ambos textos tienen los mismos personajes y el hecho central es idéntico —el misterioso asesinato de una muchacha de quince años—, pero en la ampliación de 1960 hay muchos más detalles y relleno sobre los aspectos laterales de lo sucedido, en tanto que, el hecho fundamental, permanece en la indeterminación. Este dato escondido debilita y en cierta forma arruina una historia escrita con total felicidad narrativa, que, hasta ese final incierto, había ido progresando en un fascinante crescendo.

En su primera versión, la historia parece apenas una intriga policial. Atormentado por un sentimiento de culpa —el suicidio de un cajero al que sugirió que robara—, Capurro, que está en un balneario innominado, se siente atraído por una muchacha ciclista, a la que el mozo del hotel acusa de prostituirse. Al día siguiente la muchacha aparece muerta en la playa y la policía interroga a Capurro. ¿Fue éste el asesino? La historia termina con esta interrogación. En la nueva versión, narrada, no como la primera por un narrador omnisciente en tercera persona, sino por el propio Capurro, asistimos a la sensación de agobio y remordimiento que éste padece desde el suicidio de su hermano Julián, que se mató después de ser descubierto el robo que hizo a la cooperativa de que era cajero. Capurro cree que su hermano robó ilusionado por un negocio con divisas con que él lo entusiasmó. Pronto descubrirá, por una amante de Julián, que en verdad éste llevaba muchos años robando a la empresa. Esta historia está entreverada con la atracción que siente Capurro por esa muchacha en bicicleta que merodea en los alrededores del hotel. El mismo mozo le asegura que tiene quince años y es puta. Pero esa no-

che, cuando, de una manera tan precipitada y extraña
que el lector se pregunta si aquello ocurre de verdad
o es una mera fantasía de Capurro, éste hace el amor
con la chica, descubre que ella era virgen.

¿Quién la mata? Cuando la policía lo acusa del
crimen, Capurro niega haberlo cometido, pero un
instante después se declara dispuesto a confesarse culpable y a firmar todos los cargos que quieran impu-
tarle. Es decir, a vivir una ficción, aunque ello le cues-
te una condena de por vida. ¿Por qué actúa Capurro
de este modo? Porque, dentro de su pesimismo visceral, nada le importa, acaso por remordimiento o can-
sancio, o, simplemente, porque, como el Brausen de
La vida breve —quien, no lo olvidemos, se atribuye
también el crimen de la Queca que él no ha cometido
sino Ernesto—, ha llegado a la tremenda convicción
de que cualquier forma de ficción es preferible antes
que la espantosa realidad.

Jacob y el otro (1961) es un caso aparte en la
obra de Onetti, porque este cuento pícaro y risueño,
genialmente concebido, escrito y construido carece de
todos los ingredientes morales, históricos y filosóficos
característicos de su obra: rebosa salud, buen humor,
picardía y proyecta una visión simpática y optimista
de la vida. No hay en sus absorbentes páginas una sola
línea que trasluzca el acento sombrío y la actitud de-
sesperanzada que suelen acompañar sus historias. Y, sin
embargo, tanto en la admirable destreza con que están
organizados sus materiales para mantener la sorpresa
y conseguir la total aceptación de lo que se cuenta por
parte del lector como por la idiosincrasia de la prosa,
su funcionalidad, su hondura, su ironía, el relato, que
ocurre en Santa María, encuentra perfectamente su

lugar en la saga onettiana, a la que anima con un insólito paréntesis de gracia y travesura.

La historia gira en torno al «príncipe Orsini», empresario y explotador del gigante alemán Jacob van Oppen, que llega a Santa María a presentar un espectáculo en el que premiará con 500 pesos al voluntario que se atreva a boxear con el gigante y resistirlo incólume por tres minutos. El relato comienza por el final, con un sabio dato escondido, en el que vemos a uno de los luchadores medio muerto por la paliza feroz que ha recibido sin que, hasta la última página, descubramos que el derrotado ha sido no el gigante sino el «turco» Mario, a quien todo el desarrollo del cuento señalaba como el irremediable vencedor. Está contado, de manera alternada, como *Mientras agonizo,* de Faulkner, por dos narradores-personajes —el médico y Orsini— y por el narrador omnisciente, quienes, alterando los tiempos y llenando poco a poco los huecos del rompecabezas, van relatando los deliciosos pormenores —la expectativa de los sanmarianos, las pequeñas anécdotas de la intriga, los rumores, chismes, y la hechicera personalidad del falso príncipe, que no sólo vive la mentira sino la contagia a todo su entorno—, hasta el cráter final, esa pelea en la que el borracho y ruinoso viejo en que está convertido el gigante hace volar por los aires, despatarrado, al fornido muchachote local que todos daban por ganador. Los personajes son nítidos y pintorescos, empezando por el falso príncipe Orsini, pero quien se lleva la palma es la novia del «turco» Mario, ávida, pequeñita y feroz, que la emprende a patadas contra su novio medio moribundo por haber perdido esa pelea en la que ella tenía tanta codicia invertida.

VI. *El astillero* o la vida como «desgracia» (1961)

El astillero es la novela más clara y mejor construida de Onetti y por eso críticos como Emir Rodríguez Monegal la consideran su mejor novela. Se trata de una hermosa y acabada historia, con episodios magistralmente escritos, como la descripción de esa fondita miserable El Chamamé o la última conversación, irreal y delirante, de Larsen y Jeremías Petrus en la cárcel de Santa María, acaso las páginas más logradas de toda la obra de Onetti. Pero, aunque sea técnicamente más perfecta, *El astillero* no tiene la desmesura de *La vida breve,* en la que Onetti se acercó más al secreto ideal de todo novelista: la novela total.

En *El astillero* termina (hasta la inesperada resurrección del personaje en *Dejemos hablar al viento*) la saga de Larsen, que al final de esta novela muere de una ridícula pulmonía, aunque los hechos más importantes de la vida de este ícono quintaesenciado de Onetti —el proxeneta fallido— sólo aparecerán en el siguiente capítulo de la saga de Santa María, *Juntacadáveres,* en 1964.

El origen de *El astillero,* según Onetti, fue una visita que hizo a un astillero cuando estaba escribiendo *Juntacadáveres:*

> Yo estaba escribiendo *Juntacadáveres* y la llevaba más que mediada, cuando, de pronto, por una de ésas [...] hice una visita a un astillero que existía en Buenos Aires. En realidad eran dos: uno está

en el Dock Sur y el otro está en la ciudad de Rosario [...] Yo conocí el astillero del Dock Sur, y conocía a uno de los innumerables gerentes del otro astillero, el de Rosario [...] [Pero quiero] hablar del otro astillero, el del Dock Sur. La empresa estaba en quiebra. Allí conocí al señor Fleitas, un viejito duro, bien vestido, muy convencido de que iban a ganar el pleito. Aunque luego no se pudo cumplir con los compromisos y hubo que rematarlo todo. Pero cuando lo conocí, estaba aguantando a los acreedores y los embargos, muy convencido. Fui al astillero acompañado de uno de los gerentes, uno de esos hombres que viven en el reino de su propia ilusión [...] Misteriosamente Du Petrie mantenía todo como si el astillero siguiera funcionando. Todo estaba sellado por el juez, inmunizado por la justicia. No se podía sacar ni poner nada, pero él había conseguido una llave y entraba. Tenía su oficina, una oficina fabulosa, en plena calle Florida [...] [Allí] estaba todo abandonado; una mugre, un polvo espantoso. Había una de esas mesas de directorio, de madera de petiribí, una maravilla [...] un nuevo socio que conocí, uno de los gerentes [...] me invitó un día a ir al astillero del Dock Sur. Toda aquella riqueza de material no sé si conseguí describirla bien en *El astillero,* pero toda aquella riqueza tirada [...] Me acuerdo que era un galpón con techos de zinc, y en una de las vigas había un letrero que decía textualmente: «Prohibido el porte y el uso de armas». Genial.*

---

* Emir Rodríguez Monegal, «Conversación con Juan Carlos Onetti», citado por Jorge Ruffinelli en Rómulo Cosse (ed.), *Juan Carlos Onetti. Papeles críticos,* op. cit., p. 197.

Esta experiencia, por lo visto, incitó a Onetti a interrumpir la redacción de *Juntacadáveres* y emprender la de *El astillero*. Retomaría aquella novela posteriormente y la publicaría en 1964. No es de extrañar que lo impresionara tanto lo que vio: ese astillero muerto, al que sus propietarios simulaban mantener vivo, ¿no encarnaba uno de sus temas obsesivos, la inserción de lo ficticio en lo real? Y, también, la idea de que la vida es representación, una farsa en que hombres y mujeres interpretan los roles que otros les infligen.

En *El astillero* el tema de la ficción superpuesta a la vida, o parte de ella, lo abraza todo, es el aire que respiran y en el que se mueven los personajes de la historia. Ocurre en Puerto Astillero, a media hora de lancha de Santa María, «un sitio cualquiera de la costa, con colonos alemanes y rancheríos de mestizos rodeando, junto al río, el edificio de Petrus S. A.».[*] Pero varios episodios tienen lugar en Santa María, la inventada ciudad donde los sanmarianos han levantado ahora una estatua ecuestre a «Brausen Fundador». Dentro de la fantasía que es el escenario, la novela cuenta la historia de otra fantasía, ese astillero monumental que alguna vez, en el pasado, edificó otro soñador, Jeremías Petrus, y que está ahora deshaciéndose en la soledad, el abandono, las deudas, la parálisis, las alimañas y la herrumbre. Pero la imaginación y la voluntad del propio Petrus, su presidente, de Larsen, su gerente general, de Kunz, su gerente técnico, y de

[*] *El astillero*, prólogo de Antonio Muñoz Molina, Barcelona, Biblioteca Breve, Seix Barral, 2002, p. 114. Todas las citas son de esta edición.

Gálvez, el administrador, lo mantienen viviendo una vida de ficción.

Ficción, representación, teatro es lo que ocupa buena parte de la vida de estos cuatro seres que, de común acuerdo, han decidido dar la espalda al mundo real para compartir un espejismo. Saben muy bien que lo que hacen es fingir, como fingen los actores sobre un escenario, pero, como éstos, asumen empeñosamente sus roles y se mimetizan en ellos. Van a diario a la oficina, respetan los horarios, revisan pedidos extintos, contratos arqueológicos, proyectos cancelados, planos que el tiempo volvió fantasmas y cargan a la contabilidad sueldos que nunca cobrarán. En algún momento, Larsen reconoce que todo aquello es «un delirio» (p. 94), pese a lo cual, al igual que sus subordinados Kunz y Gálvez, sigue actuando, mintiendo y mintiéndose. En un momento dado esta farsa asusta al propio Larsen, que, dice el narrador, se ha emancipado de quien la interpreta: «Era el miedo de la farsa, ahora emancipada, el miedo ante el primer aviso de que el juego se había hecho independiente de él, de Petrus, de todo lo que habían estado jugando seguro de que lo hacían por gusto y de que bastaba decir que no para que el juego cesara». Este juego es una metáfora de la vida, en la que, sabiéndolo o ignorándolo, todos juegan.

A la vez que actúan, contribuyen a la inevitable desaparición del astillero, al que, para poder comer, van desguazando, vendiendo a poquitos sus máquinas herrumbradas.

Lo que en *La vida breve* fue un juego pasajero de Juan María Brausen —aquella agencia publicitaria que se inventó—, en *El astillero* es un juego colectivo y continuado, que juegan el viejo Petrus, su hija, la loca Angélica Inés (la locura, otra avenida de la ficción en el mundo de Onetti), Larsen, Gálvez y Kunz. Es una broma que no hace reír a los bromistas. Todos actúan como si el desolado y enorme astillero estuviera en plena actividad o fuera a estarlo de nuevo en cualquier momento (es lo que dice a Larsen el viejo Petrus, en la cárcel, en su último encuentro). Quien define muy bien lo que ocurre es el doctor Díaz Grey, en su diálogo con Larsen: «Petrus es un farsante cuando le ofrece la Gerencia General y usted otro cuando acepta. Es un juego, y usted y él saben que el otro está jugando. Pero se callan y disimulan» (p. 117).

¿Por qué lo hacen? ¿Por qué juegan ese juego patético que sólo acelerará su ruina total cuando ya no tengan nada que vender y empiecen a morirse de hambre? (ya están a las puertas de sucumbir, a juzgar por la miseria en la que viven, alimentados por la olla común que les prepara la mujer de Gálvez en su miserable casilla). La explicación la da Larsen, la mañana en que, contemplando el inmenso astillero ruinoso y vacío, siente «la desgracia». No la mala suerte, nada que tenga que ver con sucesos concretos. Es algo que, en un momento dado, tomó posesión de él y desde entonces «engorda» con todo lo que hace. La «desgracia» quita sentido a cualquier acción que emprenda y la vuelve una ficción:

Lo único que queda por hacer es precisamente eso: cualquier cosa, hacer una cosa detrás de otra, sin interés, sin sentido, como si otro (o mejor otros, un amo para cada acto) le pagara a uno para hacerlas y uno se limitara a cumplir en la mejor forma posible, despreocupado del resultado final de lo que hace. Una cosa y otra y otra cosa, ajenas, sin que importe que salgan bien o mal, sin que importe qué quieren decir (p. 86).

Esa desesperación helada y lúcida, sin escapatoria, es la condición humana en el mundo de Onetti. Lo que lleva a algunos a suicidarse, a otros —sobre todo mujeres— a escapar del mundo real hacia la locura y, a otros, como Brausen y Larsen, a refugiarse en la ficción. Escoger este refugio, para estos soñadores desesperados, es la única libertad de la que gozan. En todo lo demás son esclavos de sus vidas. Éstas no les pertenecen, están condicionadas por los otros o por las circunstancias, algo a lo que no tienen fuerzas para resistir. Su única rebeldía contra «la desgracia» —el destino— es el viaje mental a un mundo de ficción: sólo allí son libres todo el tiempo. Esta fuga les ofrece apenas un alivio pasajero; en un momento dado la ficción se eclipsa y la terrible realidad —«la desgracia»— recobra sus fueros. Entonces el juego de la ficción se termina y Gálvez, el administrador, se suicida, y Larsen, horrorizado con el espectáculo que en el mundo ficticio colma de repugnancia a los hombres —una mujer embarazada—, el de la mujer de Gálvez pariendo y tratando de contener una hemorragia con sus manos, huye de Santa María, sólo para morir de pulmonía un par de semanas después.

Así termina la peripecia vital de uno de los más caracterizados antihéroes de Onetti, Larsen, a quien en esta novela nadie llamará por su apodo de Junta o Juntacadáveres. En *El astillero* Larsen es ya un fantasma que apenas se sobrevive a sí mismo, simulando ser el gerente de un decorado de astillero que van desapareciendo el viento, el desuso, la lluvia y los robos. Ha regresado a Santa María después de cinco años de haber sido expulsado de la ciudad por el gobernador y viene con un propósito que no está muy claro. Tal vez, desagraviarse a sí mismo por el agravio que recibió de esa ciudad, triunfando, adquiriendo el respeto y la adulación que rodea a los triunfadores. Pero «la desgracia» impide que salga adelante: el fracaso es su destino natural. Su tentativa de seducir a la hija del viejo Petrus, la loca Angélica Inés, con la pretensión de un braguetazo que lo haga acceder a la prosperidad —al palacio Latorre y al astillero—, se salda con un fracaso irrisorio y patético, pues con quien termina acostándose es con la sirvienta Josefina. Esta seducción, como sus vagos coqueteos con la esperpéntica mujer de Gálvez, añade truculencia y grotesco a la decadencia de Larsen y parece justificar el apodo que le pusieron cuando oficiaba de *macró*: Juntacadáveres.

ONETTI, LA DECADENCIA URUGUAYA Y AMÉRICA LATINA

Cuando Onetti leyó la crítica de David Gallagher al aparecer *El astillero* en inglés[*] según la cual esta novela puede ser leída como una alegoría de la decadencia del Uruguay, protestó, repitiendo algo que ya había dicho antes: «No me interesa ese tipo de novela. No hay alegoría de ninguna decadencia. Hay

---

[*] *The New York Times Book Review*, Nueva York, 16 de junio de 1968.

una decadencia real, la del astillero, la de Larsen».* En varias ocasiones Onetti rechazó que escribiera novelas de contenido social, convencido, como Octavio Paz, de «los efectos nocivos de la tendencia moderna a considerar las obras literarias como documentos históricos y sociales».** Esta reacción hay que entenderla sobre todo como un rechazo de la miopía de la crítica que desnaturaliza las obras literarias para convertirlas en meros vehículos de propaganda y divulgación ideológica.

Pero las obras literarias son *también,* aunque jamás únicamente, testimonios históricos y sociales. Lo son de una manera sutil, indirecta y contradictoria, y, la mayor parte de las veces, con prescindencia de la voluntad de sus autores. Pero éstos no escriben en el cielo ni en el infierno; todos, aun los que se empeñan en escribir en el limbo, viven en la tierra, en un entorno no sólo cultural, también político, económico y social. Y, de alguna manera, el acto de escribir da cuenta, es una reacción —consciente o inconsciente— de experiencias que reflejan tanto lo personal y privado como factores sociales, políticos y económicos de una época. En algunas obras éste es un factor importante y visible de la empresa literaria, en otros lo es de manera indirecta y soterrada. Aunque sería absurdo tratar de dar una lectura excluyentemente político-social de la obra de Onetti, no es posible negar que el pesimismo y la negatividad que caracterizan su visión del mundo no pueden segregarse totalmente de

---

* Emir Rodríguez Monegal, entrevista citada.
** Octavio Paz, *Obras completas,* Barcelona, Galaxia Gutenberg / Círculo de Lectores, 1991, vol. 1, p. 680.

un fenómeno que, como uruguayo que creció y se hizo hombre en los años finales de la bonanza y la modernización y los primeros de la declinación vertiginosa de su país, vivió el derrumbe de la que parecía la más estable, democrática e igualitaria sociedad latinoamericana.

Entramos, aquí, en una materia delicada que ha dado origen a incontables polémicas y a distorsiones y manipulaciones de las obras literarias en función de la ideología. Desde luego que no es aceptable que una novela o un poema sean considerados meros documentos sociales o políticos, como ocurre con esas lecturas dogmáticas, provenientes del marxismo, que utilizan la literatura para ilustrar las relaciones de producción, la lucha de clases y demás presupuestos teóricos del materialismo histórico. La literatura no es un mero producto de la «superestructura» que refleje la estructura social como un espejo. Por el contrario, es una realidad autónoma, construida con la fantasía y las palabras y a partir de la experiencia de un creador que, aunque comparta de un modo general las vivencias sociales e históricas de su tiempo y sociedad con sus contemporáneos, representa sobre todo una conciencia individual insubordinada en tanto que artista y creador contra el mundo en el que vive, al que, más que describir, trata en su obra de reemplazar, oponiéndole otro, hecho a imagen y semejanza no del mundo real sino de su propia rebeldía o desacato del mundo tal como es. Por eso, en literatura, lo realmente literario de una obra no es lo que ésta refleja de la realidad, sino lo que le añade —quitándole o agregándole— en la ficción: el elemento añadido. El mundo real aparece siempre en la obra literaria —sobre todo en las ar-

tísticamente logradas— transformado, deshecho y re-
hecho con la incorporación de ese «elemento añadido» que es lo específicamente creativo de un texto.
Ese nuevo ingrediente no es una proyección de lo
existente: es un solapado, metafórico o simbólico
testimonio del rechazo e inconformidad que la vida
real produce y que lleva a los seres humanos, como a
Brausen en *La vida breve,* a oponerle un mundo de
ficción.

El pesimismo, que es como la segunda naturaleza del mundo creado por Onetti, se alimenta, sin duda,
de ciertas influencias literarias de su juventud, como
Céline y Knut Hamsun, que fue otro de los autores admirados por Onetti, y de su propia naturaleza escéptica, huraña y antisocial, pero, asimismo, de un estado de
cosas, de un entorno, el de su propio país, que, en el
curso de la vida de Onetti, pasó de ser un país que en
América Latina constituía una rara avis de democracia,
prosperidad, cultura y legalidad, a sufrir una crisis que
lo subdesarrollaría, empobreciéndolo, enconándolo y
hundiéndolo, como a sus vecinos latinoamericanos, en
la violencia social y política de las acciones revolucionarias y las represiones y brutalidades de una dictadura
militar, una de cuyas víctimas sería el propio Onetti.

Creer que «el milagro» uruguayo se debió sólo
a los altos precios que en los mercados mundiales al-
canzaron los productos de exportación principales del
país —las carnes, los cueros y la lana— es falso. Porque el «milagro» uruguayo no fue sólo económico
sino simultáneamente político y social. Es verdad que
su pequeñez y su homogeneidad cultural y social eran
más favorables a aquellos consensos que hacen posible
la coexistencia y el funcionamiento de las institucio-

nes democráticas. La gran figura política moderna del Uruguay, el líder colorado José Batlle y Ordóñez (1856-1929), desde 1904 terminó con el caudillismo militar y, en el curso de sus dos presidencias, llevó a cabo una reforma política y social muy ambiciosa que puso al Uruguay en la vanguardia de América Latina. Batlle, adelantándose a su tiempo, estableció el más avanzado sistema de seguridad social no sólo de América, acaso del mundo, sin pensar, eso sí, que si alguna vez disminuía o se estancaba la bonanza económica, sería imposible financiarlo y precipitaría al Uruguay en una decadencia irremediable. Se estableció el Estado laico, a base de una estricta separación de la Iglesia y el Estado, y la educación universal y gratuita en la primaria, la secundaria y la universidad. Se dio una ley de divorcio favorable a la mujer y se estableció la jornada laboral de ocho horas. En poco tiempo Uruguay alcanzó uno de los índices más bajos de analfabetismo en el mundo y una situación de pleno empleo gracias a la creación de una vasta burocracia estatal. El régimen de pensiones era tan generoso que a mediados del siglo XX había uruguayos que, a los cuarenta años, podían jubilarse y retirarse a descansar. El sistema bipartidista —blancos y colorados— aseguraba una democracia muy estable que, en 1952, a la manera de Suiza —a Uruguay se le conocía cuando yo era niño como la Suiza de América—, estableció un poder ejecutivo colegiado. Este país de una vasta clase media y una rica vida cultural era la envidia del resto del continente americano, hasta que, de pronto, la gallina de los huevos de oro —aquellos altos precios de los cueros, lanas y carnes— desapareció y el envidiado sistema empezó a resquebrajarse.

¿Cuándo empezó la decadencia uruguaya? Emir Rodríguez Monegal tiene una interesante tesis. Según él la decadencia se inicia con una crisis cultural antes que económica y tendría su partida de nacimiento en 1939, el año en que Onetti escribe y publica su primera novela, *El pozo,* y nace el semanario *Marcha:* «El día en que apareció el primer número de *Marcha,* pocos podían imaginar que ese año de 1939 iba a cerrar una etapa secular de la cultura uruguaya. España ya había caído en manos de Franco desapareciendo (¿hasta cuándo?) como centro de cultura para América. Francia se encontraba al borde de un colapso político y económico que, aparentemente, duraría sólo algunos años pero cuyas largas proyecciones sólo ahora reconocemos completamente —Francia y España eran el cordón umbilical que unía esta cultura de invernadero que llamamos cultura uruguaya a las fuentes nutricias de la tradición occidental».[*] La decadencia uruguaya se habría iniciado con un sentimiento de orfandad cultural, al sentirse el país cortado de las dos fuentes nutricias de su vida intelectual y artística.

Precisamente por su condición de excepción, de indiscutida superioridad en los ámbitos cultural, económico, social y político, Uruguay había vivido hasta entonces, con esporádicas excepciones como la del ensayista José Enrique Rodó (1871-1917) y su prédica a favor de la unidad cultural hispanoamericana, dando la espalda a América Latina y mirando ob-

---

[*] Emir Rodríguez Monegal, «Veinte años de literatura nacional (1939-1959)», en *La obra crítica de Emir Rodríguez Monegal,* recopilación, ordenación y notas de Pablo Rocca y Homero Alsina Thevenet, Montevideo, Ediciones de la Plaza, 1993, pp. 199-200.

sesivamente a Europa, de la que en cierta forma se sentía más próximo que de sus caóticos y subdesarrollados vecinos. En 1939 la guerra europea y el franquismo cancelan esa corriente cultural que alimentaba la ficción de un Uruguay europeo. Y la primera clarinada de que la realidad no era así la daría, sin quererlo y sin saberlo, Onetti, con una notable novelita de pocas páginas en la que Eladio Linacero, su álter ego, echaba un exorcismo de amargura y de hiel a sus compatriotas asegurándoles que la vida no era tan exitosa, civilizada y amable como ellos creían hasta entonces.

Pero, en verdad, aunque desde la década de los cuarenta hay signos anunciadores de que Uruguay vivía una bonanza con pies de arcilla, la crisis económica, según las conclusiones de una importante Comisión de Inversiones y Desarrollo Económico establecida por el Gobierno, que presidió un joven y ya prestigioso Enrique Iglesias[*] —quien haría una destacada carrera política internacional—, se precipita el año 1955, es decir, pocos años antes de que Juan Carlos Onetti escribiera *El astillero* (1961), la novela más contaminada de símbolos y motivos asociables a la problemática uruguaya. Ángel Rama, de quien tomo algunos de estos datos, comenta que, a partir de aquel año, 1955, el deterioro económico nacional fue «acentuándose, disimulado un tiempo por la abusiva apelación a los préstamos extranjeros y, cuando el servicio de éstos devoró las rentas nacionales, desnudamente expuesto y agravado. El descenso económico afectó

---

[*] Véase Enrique Iglesias, *Uruguay: una propuesta de cambio. Introducción al plan nacional de desarrollo económico y social,* Montevideo, Editorial Alfa, 1966. En este libro, Iglesias resume los temas y conclusiones centrales del trabajo de aquella Comisión.

toda la vida nacional desde ese año pero su primera
expresión social de magnitud se registra en las eleccio-
nes de 1958 que introdujeron la rotación de los partidos en el poder con el ascenso del nacionalismo des-
plazando al Partido Colorado que gobernaba desde
hacía noventa y tres años».[*]

En ninguna otra obra de Onetti las reminiscencias de ese fenómeno histórico, el desplome económico y social del Uruguay, son tan evidentes como
en *El astillero,* una novela en la que todos los personajes, de Jeremías Petrus hasta los pobres Kunz y Gálvez, y los dueños de bares, cantinas, hoteles, lanche-
ros, y, por supuesto, el propio Larsen, piensan que el
tiempo pasado fue mejor y actúan desesperados y ab-
surdos tratando de resucitarlo, aunque sea mediante
la farsa. Es impresionante leerlo, teniendo a la mano
el libro en el que Enrique Iglesias resume aquel Plan
de Desarrollo Económico y Social, en las páginas en
que se hace el diagnóstico de la crisis uruguaya en lo
social: una sociedad aquejada de «una tasa de creci-
miento demográfico excepcionalmente baja y por
consiguiente sometida a una peligrosa tendencia al
envejecimiento», «una resistencia generalizada al cambio», «un excesivo peso del ideal de seguridad dentro
del cuadro de valores sociales prevalecientes, que neu-
traliza los impulsos dinámicos», «un excesivo espíritu
crítico con tendencia al pesimismo» y, en resumidas
cuentas, víctima de «estancamiento y retroceso», «del
aletargamiento y falta de dinamismo».[**] ¿No se diría

---

[*] Ángel Rama, *La generación crítica: 1939-1969,* Montevideo, Editorial Arca, 1972, p. 21.
[**] Enrique Iglesias, op. cit., pp. 28-31.

una radiografía anímica de Santa María y su gente ese cuadro sombrío de un mundo estático, que envejece en la abulia y el conformismo, que ha perdido el impulso vital y, en vez de vivir, sueña?

Para quien quiera centrarse en una pura lectura social, *El astillero* está repleto de datos sobre lo que caracteriza a una sociedad subdesarrollada y tercermundista. La decadencia no afecta a todos de la misma manera, donde, incluso un rico en plena decadencia como Jeremías Petrus, vive en una casa que fue un palacete —el palacio de Latorre—, y los pobres como Gálvez y su mujer en una casilla miserable, de tablones, zinc y trapos. Pero los hay todavía más pobres que ellos, esos arrieros y vagos que frecuentan esa fondita para pordioseros que es El Chamamé*. Las clases sociales están bien diferenciadas y la muy injusta distribución de la riqueza es muy visible, aunque, en el estado de parálisis y degradación social que reina por doquier, no haya ya mucha riqueza que distribuir. La hubo en ese pasado que, desde la ruina presente, tiene ahora rasgos míticos, ese tiempo que Petrus quiere, engañándose a sí mismo, retrotraer al presente.

Pero, aunque todo esto se halla también en la novela, en *El astillero,* contrariamente a lo que sería una explicación racional e histórica de ese estado de cosas, hay una explicación metafísica, o, si se prefiere, mágica: la «desgracia». Así como se apodera de un individuo, puede convertirse en «peste» —lo dice Larsen— y entonces toda una comunidad tiene su suerte

---

* «Chamamé» es el nombre de un baile popular, de origen campesino, oriundo del litoral argentino, sobre todo de la región de Corrientes, importado de allí por Onetti y trasladado a las afueras de Santa María.

sellada, como le ocurre al fracasado *macró*. Aunque escritas en ámbitos y tiempos muy distintos, las obras de Kafka y la de Onetti tienen este denominador común: sus historias ocurren en un mundo que irremisiblemente se va hundiendo, corroído por el absurdo, la injusticia, la violencia, víctima de un mal recóndito, congénito, que, maldición divina o sino infernal, va acabando con él a pocos, un mal o destino colectivo del que las desgracias y fracasos individuales son los síntomas y las consecuencias.*

Jaime Concha ve en la historia del sueño magnífico del «capitalista criollo» Jeremías Petrus «el más intenso retrato de la vida uruguaya, de su forma cotidiana de existencia colectiva, con una economía gastada y virgen y con un Estado en ruinas (la rapiña de las maquinarias y herramientas por parte de los empleados parece una cruel expresión de una subsistencia nacional que se disputa el organismo inservible), de una sociedad en la que la cárcel y la burocracia son sólo sinónimos de una misma impotencia histórica».**

Esto es sólo parcialmente cierto. Porque aunque *El astillero* puede leerse como esa alegoría de la decadencia económica y social del Uruguay, también refleja esa visión pesimista del hombre y de la vida según la cual todas las acciones humanas —individuales y sociales—, de cualquier sociedad, están condenadas

---

* Fue la revista *Sur,* de Victoria Ocampo, la que comenzó a publicar traducciones de Kafka en América Latina, justamente por los años en que Onetti vivió en Buenos Aires. Eduardo Mallea fue el primero en leerlo y recomendarlo, en sus artículos de *La Nación.* Borges tradujo en 1938 *La metamorfosis,* que ya había publicado antes, en España, la *Revista de Occidente. El proceso* apareció en 1939 en Buenos Aires.

** Jaime Concha, «El astillero: una historia invernal», en Rómulo Cosse (ed.), *Juan Carlos Onetti. Papeles críticos,* op. cit., p. 148.

al mismo proceso de descomposición y frustración, sin que ninguna de ellas se salve. Para esta visión, lo que ocurre en el plano de la historia es apenas la máscara de esta realidad ontológica hecha de degradación, fracaso y muerte —la «desgracia»— con la que todos los seres humanos, ricos como Jeremías Petrus y Angélica Inés, o pobres como Larsen, Gálvez y Kunz, vienen al mundo. Una fatalidad de la que no pueden escapar, algo de lo que son a veces conscientes, lo que los lleva a huir de sí mismos, refugiándose en el juego, en la farsa, en la ficción. Eso es la literatura —la realidad inventada con la fantasía y la palabra— en el mundo de Onetti: el simulacro que permite vivir en la ilusión, transitoriamente a salvo del horror de la vida verdadera. En esas condiciones, la literatura es algo precioso y decisivo, el quehacer que permite a los hombres soportar la existencia, superarla oponiéndole otra en la que tienen el poder de decidir sus vidas con una libertad de la que están privados en el mundo real.

Los críticos empeñados en ver en la novela una descripción involuntariamente marxista de la lucha de clases y el fracaso del capitalismo nacional en el Uruguay, han descuidado un aspecto del subdesarrollo latinoamericano que no es económico ni social sino cultural, algo que Lawrence E. Harrison describió magníficamente en un estudio célebre: «El subdesarrollo es un estado de ánimo».*

Ese «estado de ánimo» que está detrás de los fracasos de los intentos de democratización y de mo-

---

* Lawrence E. Harrison, *Underdevelopment is a State of Mind. The Latin American Case,* Lanham, The Center for International Affairs, Harvard University and University Press of America, 1985.

dernización de los países latinoamericanos, la perseverancia en el error por inveterados prejuicios, ceguera ideológica o abulia y fatalismo, la falta de continuidad en el esfuerzo, los entusiasmos efímeros, las caídas en el desánimo, el abatimiento, la tolerancia con las transgresiones de la ley que han contribuido a la gangrena de la corrupción, y la resignación cívica o hipócrita con esas estructuras sociales rígidas, que casi impiden toda movilidad social, pues cierran las oportunidades a los pobres o se las abren sólo a cuentagotas en tanto que están abiertas de par en par para los poderosos, y el estado de frustración, rencor, odio, impotencia y desesperación que ese estado de cosas genera no sólo entre las víctimas, sino, también, a menudo, entre los sectores intelectuales y políticos más lúcidos y sensibles, lo que los hace propensos a menudo a optar por la solución apocalíptica, mesiánica, utópica —el radicalismo revolucionario— que ha sido también, tanto como el egoísmo, la codicia y la incultura de las clases dirigentes, obstáculo mayor para que en América Latina echaran raíces la democracia liberal moderna, la legalidad, la libertad, la justicia y la prosperidad.

El subdesarrollo es también ese estado de ánimo que, sin saber sus causas ni extrapolarlo a la situación económica, política o cultural, es compartido por millones de latinoamericanos, de todas las clases sociales: la sensación de la inutilidad de los esfuerzos, del trabajo emprendido, de los anhelos y ambiciones, por un mecanismo invisible pero poderosísimo que interrumpe, anula, cercena o corrompe casi todo lo que se intenta y deja a sus autores con el sabor amargo de la derrota. Es verdad que algunos triunfan, pero, en el contexto en que lo consiguen, su éxito no los hace envidiables sino más bien despreciables. No es de extrañar que en un ámbito semejante haya creadores que fantaseen un mundo marcado por una especie de maldición en que los hombres y las mujeres, condenados a la infelicidad, traten desesperadamente de escapar valiéndose de lo único en que todavía confían: su fantasía. Onetti podía protestar, con toda justicia, que él no hacía literatura «social» ni creía en ella, pero, como dice Jorge Ruffinelli*, una cosa son las intenciones del creador, y, otras, las reacciones que su obra puede inspirar en la lectura. Lo cierto es que, sin quererlo ni saberlo, Onetti, mientras escribía sus cuentos y novelas, ahondando en lo más profundo de su propio ser y desdeñoso o indiferente a su entorno, se impregnó de un cierto estado de ánimo —el «espíritu de nuestro tiempo» lo llamaba Ortega y Gasset— de sus contemporáneos, y lo transmutó en literatura, de manera figurada, alegórica, dando de este modo, como un autor que leyó con admiración y con provecho —Kafka—, un testimonio invalorable sobre los fracasos y frustraciones del mundo en que vivía. Su obra de creación no es sólo eso, desde luego, pero *también* es eso.

Al crear todo un mundo literario uno de cuyos rasgos centrales es el rechazo de la realidad real —concreta e histórica— por una realidad ficticia —subjetiva, imaginaria, literaria—, actitud que comparten tantos personajes que ella es casi un denominador común de los sanmarianos, Onetti construyó un pode-

---

* Jorge Ruffinelli, «*El astillero,* un negativo del capitalismo», en *Rómulo Cosse* (ed.), *Juan Carlos Onetti. Papeles críticos,* Montevideo, Linardi y Risso, 1989, pp. 185-210.

roso símbolo, de gran belleza artística, de América Latina. Mejor dicho, de su fracaso histórico y social, de su subdesarrollo político y económico, de su lentísima incorporación a la modernidad. Y, al mismo tiempo, de la aparente contradicción que significa frente a esto la riqueza creativa de tantos latinoamericanos en los campos de la poesía, las artes plásticas, la danza, la música, la artesanía, el cuento y la novela. Como los héroes de Onetti, desde tiempos inmemoriales —desde los años coloniales sobre todo—, los latinoamericanos acostumbran rechazar el mundo real y concreto y sustituirlo por espejismos y quimeras, distintas formas de irrealidad, desde las abstracciones y dogmas de la religión hasta las ideologías revolucionarias disfrazadas de leyes de la historia. América Latina ha sido tierra propicia para toda suerte de utopías sociales, y los redentores sociales mesiánicos tipo Fidel Castro, el Che Guevara, el Comandante Cero y, ahora, el Comandante Hugo Chávez han encandilado más a los jóvenes y a las supuestas vanguardias políticas que los líderes y gobernantes democráticos, pragmáticos y realistas que trataban de jugar el juego de la realidad (nadie se acuerda de ellos). Todo lo que sea sueño, fantasía, apocalipsis, fuga hacia lo imaginario, ha prendido en América Latina con facilidad, y, viceversa, los empeños por enraizar las empresas políticas y sociales en la realidad, siguiendo los ejemplos exitosos —los de los países democráticos y libres y sus políticas reformistas—, han fracasado por ese desapego «sanmariano» continental por lo racional y posible en nombre de lo irracional y onírico, es decir, lo imposible. Esa disposición, catastrófica desde el punto de vista político, social y económico y razón de ser de nuestro subdesarrollo, ha servido, paradójicamente, para estimular las aventuras imaginarias y producir creaciones literarias y artísticas de gran fuerza y originalidad, como son las utopías y mitologías creadas por un Borges, un García Márquez, un Rulfo, un Cortázar y un Carpentier. Y, por supuesto, un Onetti. Curiosamente, es éste quien, pese a su desprecio por la literatura comprometida y su desdén con las obras literarias con mensaje, gracias a su intuición, sensibilidad y autenticidad, fantaseó un mundo que, de esa manera indirecta y simbólica del arte para expresar la realidad, mostró una verdad profunda y trágica de la condición latinoamericana. Como sus antihéroes sedentarios, apáticos y en fuga constante de sí mismos, América Latina ha preferido también la imaginación a la acción, el delirio a la realidad, y así le ha ido. ¡Pero qué hermosas fantasías ha sido capaz de generar!

VII. Mitología del burdel: *Juntacadáveres* (1964)

Ninguna historia de Onetti es más ilustrativa sobre el subdesarrollo social, económico y cultural de Santa María que *Juntacadáveres* (1964), la novela que cuenta la breve historia del prostíbulo que Larsen —Junta o Juntacadáveres— abre y se ve obligado a cerrar al poco tiempo en una ciudad a la que la efímera existencia de esa institución —una modesta casita a orillas del río, con ventanas celestes y apenas tres prostitutas, María Bonita, Nelly e Irene— solivianta y hace vivir una intensa crisis.

Como la pobreza, la explotación, la ignorancia, los prejuicios, la anomia y la desesperanza, el burdel es uno de los símbolos característicos del subdesarrollo. Existe, pese a la oposición y el odio que genera entre creyentes, puritanos y biempensantes, como un forúnculo que brota a una sociedad infectada de represión sexual y de discriminación de la mujer, a la que la moral imperante condena a la castidad fuera del matrimonio y a ejercer la sexualidad dentro de éste con toda clase de remilgos y limitaciones, de manera que el hombre, ser superior y libre, debe satisfacer sus urgencias y fantasías sexuales de manera clandestina, con concubinas o putas, mujeres a las que, en orden de conceder la libertad que niega a las otras, sataniza y margina, obligándolas a vivir en espacios prohibidos, luciferinos, cuya expresión epónima es el burdel. Se podría hacer un *identikit* del subdesarrollo en todas esas facetas sin salir de esos lugares manchados por una inquina moral y religiosa, asociados a la vida hamponesca, gansteril y lujuriosa de lo prohibido y peligroso, y, por eso mismo, rodeados de un halo mítico, poético, legendario, que ha servido infinitamente como escenario o tema de cuentos, dramas y novelas en toda literatura proveniente del mundo subdesarrollado. Y la literatura latinoamericana es una prueba de ello, ya que si se extirpara de ella al burdel y a la fauna asociada a él, quedaría desnaturalizada y raquítica.

El burdel es la personificación del machismo, otro ingrediente central del subdesarrollo, de la doble moral que lo engendra y que ayuda a fortalecerlo —una moral para el macho y otra para la hembra— y de la hipócrita duplicidad frente al sexo —lícito sólo como instrumento de la reproducción en la intimidad matrimonial y fuente ilimitada de placer en el burdel, donde el varón puede refocilarse sin freno y sin escrúpulos con la degradada mujer a la que paga para que se someta a sus caprichos—. El macho no se desprestigia ni incurre en falta cuando va al burdel y paga para hacer el amor; la mujer, sí, cuando practica el amor mercenario en semejante institución.

El burdel es también un producto de la tortuosa y perversa visión puritana que la religión cristiana tiene del sexo, como un quehacer donde lo más instintivo y bestial de la naturaleza humana se manifiesta, es decir, donde el hombre se pierde con más frecuencia, pecando, ofendiendo a Dios, convirtiéndose en presa de Satán.

El burdel va desapareciendo en las sociedades a medida que éstas prosperan, se educan y evolucionan, la moral se ancha y el sexo se va liberando de tabúes, y la mujer conquista una libertad sexual que en el mundo subdesarrollado es inexistente. Cuando el sexo pasa a formar parte de los quehaceres humanos practicados con naturalidad, fuera del matrimonio, a partir del recíproco consentimiento de las parejas, el burdel tradicional pierde su razón de ser y va extinguiéndose. Lo reemplaza la casa de citas, el amueblado, las posadas, los lugares de encuentro, donde parejas de ocasión van a hacer el amor, algo que no tiene nada que ver con el burdel tradicional, ni con sus rituales ni con su fauna. Con el desarrollo y la prosperidad la prostitución no desaparece, desde luego, pero se transforma, adquiere cierto profesionalismo, y se practica ya no en aquel espacio reservado —con algo de teatro, templo o casa de juegos— que es el burdel, sino de una manera expeditiva, en *garçonnières* y cuartos de hotel, la estrechez del automóvil o, en los extremos más patéticos, debajo de mostradores, en las cunetas y al pie de los árboles de un parque público.

Larsen, el antihéroe onettiano prototípico, cuya historia, de la que en cuentos y novelas anteriores ya habíamos conocido algunos jirones, aquí se completa, soñó toda su vida con ese sueño emblemático del *macró* subdesarrollado: ser el dueño de un burdel de lujo donde oficiaran putas bellas, jóvenes y caras, capaces de atraer a los clientes más pudientes.*

---

* En la célebre entrevista que William Faulkner concedió a *The Paris Review* dijo, medio en serio medio en broma, que el mejor trabajo que le ofrecieron fue ser «administrador de un burdel», institución que, por lo demás, aparece en buen número de sus historias, y sobre todo en *Santuario,* la más truculenta en materia sexual, en la que el psicópata Popeye desvirga a la joven Temple Drake con una mazorca de maíz. Véase *El oficio de escritor,* México, Editorial Era, 1968, que reproduce varias de las entrevistas de *The Paris Review* traducidas al español, entre ellas la de Faulkner. La referencia al burdel está en la p. 170.

Pero, como ocurre con todas las empresas humanas en el mundo de Onetti, fracasa, y debe contentarse toda su vida con «apacentar» y ser mantenido por ruinas humanas, lo que le ganó su macabro apodo. La magnitud de su frustración se mide muy bien en esta reflexión que describe el narrador, muy pegado a Larsen, cuando éste visita el burdel de la Tora y ella le recuerda el pasado de Ercilla, una de las prostitutas que trabajó para él:

> Las alusiones a la juventud de las muchachas que esperaban en el patio y al pasado de Ercilla, uno de los quejosos y humillantes cadáveres que él administraba, le habían parecido deliberadas, hechas para señalar diferencias de condición y evocar los cuerpos doblados y deformes y las caras raídas, grotescas, las enfermedades mismas de los cuatro obscenos restos de mujeres que él apacentaba, ayudándolas intuitivamente con sopapos y minúsculas infamias (p. 90).*

No es extraño que quien ha quedado reducido en sus ambiciones a tan sórdida realidad, se ilusione cuando el concejal y boticario Euclides Barthé le propone instalar un prostíbulo en Santa María. Sin embargo, obtener la autorización toma más tiempo de lo previsto y el *macró* Larsen, entretanto, se gana la vida con un empleo modesto en la administración de *El Liberal*. La novela se abre con la llegada a Santa María de Larsen con sus tres pupilas —María Bonita, Nelly

* *Juntacadáveres*, prólogo de Antonio Muñoz Molina, Barcelona, Biblioteca Breve, Seix Barral, 2003. Cito siempre por esta edición.

e Irene— para inaugurar el burdel y se cierra, en la misma estación, unos tres meses después, cuando los cuatro parten, expulsados por el gobernador, quien, cediendo a la presión de la Iglesia y la opinión pública, clausura el burdel.

Otra empresa humana fracasada en ese mundo de los fracasos que es el inventado por Onetti. Aquí, la «desgracia», que fatídicamente destruía las ilusiones y hundía en la ruina a los personajes de *El astillero,* tiene su equivalente y complemento en «la inmundicia», también especie de plaga que precipita a los seres humanos en la mugre moral, como asegura uno de los personajes más desagradables de *Juntacadáveres,* Marcos Bergner, quien, como el Brausen de *La vida breve,* vive soñando con matar a alguien: «Todos somos inmundos y la inmundicia que tenemos desde el nacimiento, hombres y mujeres, se multiplica por la inmundicia del otro y el asco es insoportable» (p. 252). Y es cierto, la mayoría de los personajes de esta historia dan la impresión de vivir en un permanente desagrado con su entorno y con ellos mismos, como si todos fueran más o menos conscientes de aquella realidad moral que Marcos Bergner expresa con tanta contundencia. Otro de nuestros viejos conocidos de Santa María, el doctor Díaz Grey, aparece aquí en su papel de observador, manteniendo una curiosa extraterritorialidad frente a lo que ocurre, para recordarnos otra de las características esenciales de la condición humana, ser inauténticos, vivir representando un papel: «Y así yo, cuando me distraigo, cuando dejo de estar alerta y participo, soy el doctor Díaz Grey, hago el médico, el hombre de ciencia con conocimientos menos discutibles que los de las viejas que atienden partos, empachos y gualichos en el caserío de la costa. Y así también este pobre hombre, al que me empeño en querer, dejó de ser el auténtico y para siempre ignorado Euclides Barthé hace muchos años; y todos, sin desconfianza, lo ven representar el boticario, el herborista, el concejal y —ahora hasta su muerte— el profeta de los prostíbulos sanmarianos» (pp. 39-40).

Juntacadáveres es la más política de las novelas de Onetti, pues ella describe, a partir de la historia del pequeño prostíbulo, el mundo secreto de la vida política local, marcado, cómo no, por las lacras de los tráficos ilícitos y la corrupción. El concejal Barthé consigue el permiso para abrir el burdel porque vende su voto a los conservadores del Concejo, que necesitan ese voto para hacer aprobar un acuerdo relativo a los «cargadores» de la estación, servicio público que al parecer quieren privatizar. Y Barthé está empeñado en abrir el prostíbulo para medrar con él, recibiendo bajo mano unas comisiones a cambio de protegerlo. También las operaciones político-religiosas del padre Bergner y los biempensantes para hacer clausurar el burdel de Larsen están marcadas por la sordidez y la suciedad: envío de anónimos y el chantaje de denunciar públicamente a los vecinos que visitan a las tres mujeres de la casita de ventanas color cielo.

Aunque en otras historias de Santa María hemos visto ya que la Iglesia tiene poder y lo ejerce, en *Juntacadáveres* se describe con detalle la manera como la Iglesia católica y su enérgico dirigente, el padre Bergner, movilizan a los vecinos y los azuzan para conseguir objetivos políticos. Se valen para ello de dos organizaciones a sus órdenes, las jóvenes de la Acción Cooperadora y los viejos de la Liga de los Caballeros. Estos últimos espían día y noche la casa de Larsen, para identificar a los clientes, cuyos nombres aparecerán luego en los volantes anónimos que redactan y distribuyen las muchachas de la Acción Cooperadora. Todo esto va intoxicando y exacerbando a la opinión pública, hasta reunirla en el gran mitin final, la acción callejera decisiva para que el gobernador cierre el prostíbulo y expulse a Larsen de la ciudad.

Pero esta historia, aunque la más llamativa, no es la única que cuenta *Juntacadáveres.* Trenzada en ella, discurre otra, la del pibe Jorge Malabia, hijo de los dueños de *El Liberal,* un muchacho de 16 o 17 años que mantiene una curiosa relación —poética, sentimental y sexual— con su cuñada, Julita Bergner, viuda de su hermano Federico. Julita está loca, o se hace pasar por tal, pues por momentos su locura parece más fingida que real. Jorge la visita en las noches y estos encuentros tienen un sesgo ritual, de ceremonias, en las que la viuda y el joven se enfrascan —acaso sería mejor decir extravían— en conversaciones líricas, evocaciones de oscuro sentido, que disimulan a la vez que provocan el encuentro sexual de la pareja, algo que es presentado por el narrador —y sentido por los dos cuñados— como una transgresión, casi un incesto. El suicidio de Julita Bergner al final de la novela —una más de la larga estirpe de suicidas en la saga de Santa María— parece haber sido inducido por lo atormentada que está con la idea de un hijo que cree esperar de Federico, pero de alguna manera se insinúa que su relación cómplice con el pibe puede haber contribuido de algún modo a su inmolación.

A esta segunda historia está trenzada una tercera, la de Marcos o Marquitos Bergner, hermano de

Julita, bohemio, borracho, matón, antisemita —una de las razones de su odio al burdel de Larsen es que lo cree un «negocio de los judíos»— y que tiene también una extraña relación de odio-amor con el pibe Jorge Malabia. Marquitos, encarnizado enemigo de Larsen y del prostíbulo, es un hipócrita, un ejemplo consumado de la dúplice moral del macho subdesarrollado, pues, a la vez que se jacta de defender la moral pública, fornica y brutaliza a su sirvienta Rita.

Cada una de estas historias tiene su propio narrador en esta novela de entreverada estructura en lo que se refiere a los puntos de vista. La de Larsen y el prostíbulo está referida por un narrador omnisciente clásico, el narrador-dios, que narra desde una tercera persona y se halla, de manera continuada, fuera de lo narrado, el narrador que, a la vez que ve, sabe y transmite lo que ocurre, es invisible, una voz que no estorba ni interfiere en lo narrado.

La historia de Jorge Malabia y Julita en cambio está narrada por el propio pibe, narrador-personaje prototípico, que habla desde la primera persona del singular, perspectiva que, por ser la de un protagonista de la historia, tiene las restricciones y limitaciones de su propia experiencia.

Pero hay un tercer narrador, que alterna con los anteriores, un cronista o historiador no identificado, que utilizando la primera persona del plural releva por momentos a los anteriores para expresar otro punto de vista de la historia: el de los vecinos, el de la colectividad, el de la opinión pública. Este tercer narrador podría ser el viejo Lanza, el español de garganta carrasposa, corrector de pruebas de *El Liberal* y a quien hemos visto figurar en *El infierno tan temido,* pues en varias ocasiones se nos dice que lleva un registro de los acontecimientos —sobre todo el del burdel—, ya que espera escribir una historia o crónica de Santa María con todo ello. Pero nunca se lo identifica con su nombre. Este narrador representa el nivel retórico de la historia, la versión chismográfica, legendaria, mítica, de lo ocurrido en esos pocos meses en que el burdel de Larsen funcionó, no lo que verdaderamente ocurrió sino las deformaciones y transformaciones que infligieron a los hechos reales las murmuraciones, habladurías, fantasías e ingenuidades —también interpretaciones y conjeturas— que los rodearon, a partir del miedo, simpatía, prejuicios o estupidez de los vecinos.

Como si esta variedad de narradores no bastara, en *Juntacadáveres* hay todavía, por momentos, otra voz, distinta de la de aquéllos: la de un supuesto *autor* que reflexiona sobre su oficio de inventor de realidades literarias, la de un ser que crea un mundo con su fantasía y su palabra. Esta voz, la del fingido autor de la novela y creador de Santa María, se infiltra de manera subrepticia dentro de la voz del narrador-cronista, en la página 214, reemplazando de pronto el «nosotros» desde el que aquél narra, con un «yo» que se desprende e independiza de aquella primera persona del plural, con esta frase:

Y, sin embargo, ahora, al contar la historia de la ciudad y la Colonia en los meses de la invasión, aunque la cuente para mí mismo, sin compromiso con la exactitud o la literatura, escribiéndola para distraerme, ahora, en este momento, imagino que hay un cerro junto a la ciudad y que desde allí puedo mirar casas y personas, reír y acongojarme; puedo hacer cualquier cosa, sentir cualquier cosa; pero es imposible que intervenga y altere (pp. 214-215).

Sigue un largo soliloquio del supuesto autor, que, siempre en primera persona, especula y pontifica sobre su quehacer de inventor de la imaginaria Santa María, la manera como procedió a concebir el pueblo y a bautizar sus barrios, calles y plazas, y el paisaje circundante, así como la fauna humana que lo puebla. Luego esta voz se desvanece y no vuelve a aparecer.

¿A quién representa esta voz? No a Juan Carlos Onetti, como han señalado algunos críticos desaprensivos, porque un autor no es nunca el narrador de una novela, aunque usurpe su nombre y hable desde un yo. Un autor es un ser de carne y hueso, con una existencia que antecede y sigue a la historia en que está confinada una novela, y un narrador es un ser hecho de palabras cuya existencia nace y termina con su narración. En otros términos, un narrador es siempre una invención. El «autor» que hace ese paso fugaz por *Juntacadáveres* es tan inventado como el narrador omnisciente, el narrador-personaje (Jorge Malabia) y el narrador cronista, otro ser de ficción. Su fugaz presencia es una intromisión porque ella no enriquece ni completa la visión de lo narrado, contribuyendo a dar una idea de totalidad. Es un mero alarde técnico, un exhibicionismo que distrae y desorienta al lector, debilitando el poder de persuasión de la historia. *Juntacadáveres* es una de las mejores novelas de Onetti, sin duda, pero es menos perfecta técnicamente por pequeñas incongruencias que, como la gratuita intromisión de un impuesto «autor», provocan en el lector aquella «sospecha» que, según escribió Nathalie Sarraute en *L'Ère du soupçon,* es rasgo típico del lector de novelas de la época moderna, una época de escépticos y de descreídos. De otro lado, las distintas historias del libro no acaban nunca de integrarse, todas quedan como inacabadas y con cabos sueltos, como si en algún momento el novelista hubiera desistido de su ambiciosa empresa y la rematara de manera abrupta.

VIII. De la ficción a la cruda realidad

Conocí personalmente a Juan Carlos Onetti año y medio después de aparecida su novela *Juntacadáveres* (1964), en Nueva York, durante el congreso del PEN Internacional que tuvo lugar en esa ciudad del 12 al 18 de junio de 1966, presidido por Arthur Miller. La presencia del uruguayo en ese certamen, al que asistieron, también, otros escritores latinoamericanos —Carlos Fuentes, Pablo Neruda, Ernesto Sábato, Emir Rodríguez Monegal, Carlos Martínez Moreno, Juan Liscano, Victoria Ocampo, Alberto Girri, José Antonio Montes de Oca, H. A. Murena, Guimarães Rosa, Homero Aridjis entre ellos—, era un indicio de que su obra comenzaba a romper el cerco de indiferencia en que había vivido, con la excepción de un reducido círculo de lectores y críticos del Río de la Plata. Muy reducido en verdad, si se piensa que casi no se habían publicado estudios críticos importantes sobre su obra fuera de Uruguay y que, por ejemplo, *La vida breve,* la mejor novela escrita en América Latina hasta el año en que apareció (1950), no mereció elogio alguno y que las escasas reseñas que tuvo, como la de Homero Alsina Thevenet en el semanario *Marcha,* fueron negativas.

En 1961 se publicó, en París, en *Les Lettres Nouvelles,* la revista que dirigía Maurice Nadeau, su cuento *Bienvenido, Bob* traducido al francés por Claude Couffon. En 1962 había ganado el Premio Nacional de Literatura en Uruguay y al año siguiente su cuento *Jacob y el otro* apareció traducido al inglés en una antología de relatos publicada por la editorial Doubleday. Comenzaban a reeditarse algunos de sus libros, pero aún era difícil procurárselos. Lo sé muy bien porque yo, que quedé seducido por la originalidad y la fuerza de su talento desde el primer relato suyo que cayó en mis manos, sólo había podido leerlo gracias a la ayuda de amigos uruguayos que me hicieron llegar algunos de sus libros.

Vaya sorpresa que me llevé al conocer en persona a ese escritor cuyas historias me habían sugerido una personalidad descollante. Tímido y reservado hasta la mudez, no abrió la boca en las sesiones del congreso e incluso en las reuniones pequeñas, entre amigos, a la hora de las comidas o en el bar, solía permanecer silencioso y reconcentrado, fumando sin descanso. Al terminar la reunión del PEN algunos participantes fuimos invitados a hacer una gira por Estados Unidos y tuve la suerte de formar parte del grupo en el que estaban Martínez Moreno y Onetti. Era un viaje turístico, con visitas a museos, espectáculos y lugares históricos, en los que, por supuesto, Onetti se negó sistemáticamente a poner los pies. Permanecía encerrado en su cuarto de hotel, con una botella de whisky y un alto de novelas policiales, tan desinteresado del programa que uno se preguntaba por qué había aceptado aquella invitación. Martínez Moreno, que era bueno como un pan y se sentía preocupado por el estado depresivo de Onetti, renunció a muchas visitas para no dejarlo solo, temeroso de que su admirado compatriota fuera a hacer alguna tontería peor que emborracharse.

Sólo en San Francisco tuve ocasión de charlar con él un poco, en barcitos humosos y oscuros de los alrededores del hotel. Costaba trabajo animarlo a hablar, pero, cuando lo hacía, decía cosas inteligentes, eso sí, impregnadas de ironía corrosiva o sarcasmos feroces. Evitaba hablar de sus libros. Al mismo tiempo, detrás de esa hosquedad y esas burlas lapidarias, asomaba algo vulnerable, alguien que, pese a su cultura e imaginación, no estaba preparado para enfrentar la brutalidad de una vida de la que desconfiaba y a la que temía. Una noche en que hablamos de nuestra manera de trabajar, se escandalizó de que yo lo hiciera de manera disciplinada y con horario. Así, me dijo, él no hubiera escrito ni una línea. Él escribía por ráfagas e impulsos, sin premeditación, en papelillos sueltos a veces, muy despacio, palabra por palabra, letra por letra —años más tarde Dolly Onetti me confirmaría que era exactamente así, y tomando a sorbitos, mientras trabajaba, copitas de vino tinto rebajado con agua—, en periodos de gran concentración separados por largos paréntesis de esterilidad. Y allí pronunció aquella frase, que repetiría después muchas veces: que lo que nos diferenciaba era que yo tenía relaciones matrimoniales con la literatura y él adúlteras.* En aque-

---

* Me consta que esta anécdota es cierta, pues yo mismo se la oí. Hay otras que se le atribuyen respecto a nosotros dos que es difícil saber si realmente ocurrieron o si forman parte de su mitología. Cuando mi novela *La casa verde* ganó el Premio Rómulo Gallegos, en 1966, y *Juntacadáveres* quedó finalista, dos novelas que giran sobre el tema del prostíbulo, habría dicho que era normal que ganara yo, porque mi burdel tenía una orquesta y el suyo no. Y a Ramón Chao, que lo entrevistaba para la televisión francesa y que miraba fascinado el único diente que le quedaba en la boca, Onetti le explicó: «En otro tiempo tuve una magnífica dentadura, pero se la regalé a Mario Vargas Llosa» (Ramón Chao, op. cit., p. 262). En la vida real, como delatan estas anécdotas, su humor solía ser más cálido y tierno que en sus novelas, donde rara vez se despojaba de un sustrato ácido y a menudo feroz.

lla o alguna otra ocasión durante aquel viaje le pregunté si era cierto que a los escritores jóvenes que conseguían llegar a él a pedirle consejo les recomendaba leer los libros que él detestaba, para ponerlos a prueba, y él, sin negar ni asentir, sonrió feliz: «¿Eso dicen? Qué hijos de puta, che».

Recuerdo una noche en que los poetas *beatniks* norteamericanos Lawrence Ferlinghetti y Allen Ginsberg, entonces en el apogeo de su popularidad, nos llevaron a Onetti, Martínez Moreno y a mí en un recorrido nocturno por los antros de hippies, artistas, músicos o simplemente bohemios de San Francisco, que nos hablaban de sus experiencias con el peyote, el ácido lisérgico y otros paraísos artificiales con los que se proponían revolucionar el mundo o de las acciones políticas en marcha en defensa de los gays y a favor de la despenalización de las drogas. En todo aquel recorrido alucinatorio por las cuevas, peñas y antros de la contracultura californiana, para mí, lo más irreverente era, sin duda, la actitud de Onetti, quien, con su sempiterna corbata, su saco entallado y sus anteojos de gruesos cristales paseaba sus ojos saltones de infinito aburrimiento sobre todo aquel circo, con una mirada escéptica y el escorzo de una sonrisita flotando por la boca.

Pocos meses después, en agosto de 1966, fui por pocos días a Montevideo. Como he contado, me fue imposible ver a Onetti pero hablé mucho de él, pude conseguir sus libros en la maravillosa librería anticuaria de Linardi y Risso y me dio gusto comprobar que, tanto sus amigos como quienes no lo eran, reconocían unánimemente su talento y contribuían con chismes y anécdotas a enriquecer la ya rica leyenda forjada en torno a su aislamiento, su hosquedad y sus neurosis.

Siempre recuerdo esa visita a Uruguay, pues, pese a que, como he mencionado en este ensayo, la declinación económica y social del país llevaba años de iniciada, para un latinoamericano llegar a ese pequeño rincón del Río de la Plata en 1966 era descubrir una cara distinta de la América Latina de los dictadores, los cuartelazos, las guerrillas revolucionarias, las democracias de opereta y las sociedades incultas y de enormes desigualdades económicas del resto del continente. Recuerdo mi sorpresa al leer los diarios de Montevideo, tan bien escritos y diagramados, y descubrir la presencia que en ellos tenía la cultura, las magníficas secciones de crítica, el alto nivel de los teatros y las espléndidas librerías montevideanas. La libertad y el pluralismo que se advertían por doquier —había un congreso del Partido Comunista en esos días anunciado por carteles en las calles que no escandalizaba a nadie— y los adversarios políticos coexistían tan civilizadamente como en Inglaterra. Por otra parte, en ningún otro país latinoamericano había visto yo una clase intelectual tan sólida, cosmopolita y bien informada, ni una sociedad con una pasión semejante por las ideas y modas y tendencias artísticas, filosóficas y literarias de la actualidad internacional. Di una conferencia en la Universidad Nacional, invitado por José Pedro Díaz, y no podía creer que tanta gente pudiera reunirse para oír hablar de literatura. Sin embargo, aunque yo fuera incapaz de advertirlo en aquel viaje, bajo la superficie de esa sociedad estable, abierta, democrática, razonable y culta que tanto me impresionó, algo había comenzado a resquebrajarse y a enloquecer, algo que precipitaría pocos años después al Uruguay en la más grave crisis política y social del siglo XX.

LOCURA Y FICCIÓN

Precisamente por esa época publicó Onetti uno de sus relatos más interesantes, *La novia robada* (1968), en el que un tema que había venido insinuándose en sus cuentos y novelas desde hacía tiempo, la locura como una de las formas en que los seres humanos escapan de la realidad objetiva hacia un mundo de ficción, sería la columna vertebral de una historia en la que vemos a todos los vecinos de Santa María confabulados para dar consistencia, un semblante de vida y de verdad, a los espejismos eróticos de una enajenada.

La protagonista de *La novia robada* es Moncha Insurralde o la «vasquita», una muchacha que al regresar a Santa María luego de un viaje a Europa (ha estado en Venecia) anuncia que va a casarse con Marcos Bergner, un sanmariano que ha muerto durante su ausencia. Para saber quién es Moncha hay que salir de este relato y retroceder a la novela anterior de Onetti, *Juntacadáveres,* donde Lanza, el viejo periodista español, cuenta que ella perteneció al falansterio, «una comunidad cristiana y primitiva basada en el altruismo, la tolerancia, el mutuo entendimiento». Los falansterianos eran seis al principio, «todos ricos y jóvenes». Según Lanza, dos miembros del falansterio, Marcos y Moncha, se desviaron de estos ideales y «practicaron la promiscuidad», a raíz de lo cual «a los seis meses y veintitrés días la vasquita Insurralde se disparó del falansterio en un caballo robado, tocó Santa María [...] y se fue a la capital buscando un barco que la llevara a Europa» (pp. 172-176). Éstos son los antecedentes de *La novia robada*. No sabemos si Moncha ya había perdido la razón antes de su viaje o si ello ocurrió en Venecia, pero es un hecho que al volver a Santa María vive confinada en un mundo aparte, mental, sin contacto con el real. Ahora bien, lo notable es que Santa María entera se vuelve su cómplice para hacer creer a Moncha que su delirio no es tal, sino una lectura cabal y exacta de la realidad. En otras palabras, todos los sanmarianos optan de manera tan inexplicable como radical y simultánea por ese viaje hacia lo imaginario que, como hemos visto, era una iniciativa de individuos aislados. Ahora, se trata de una enfermedad o elección colectiva. Santa María en pleno vuelve las espaldas a la realidad y se sumerge en la ficción, al unísono con Moncha.

La muchacha recorre la ciudad con el vestido de novia que le ha hecho la modista Madame Caron y que va envejeciendo sobre su cuerpo y convirtiéndose en un atuendo estrafalario, de payasa. La vemos, incluso, ir a cenar con su novio inexistente al Plaza, donde el *maître* Francisco, muy serio, le sigue la cuerda y hasta consulta, dirigiéndose a la silla vacía que ocupa el invisible Marcos Bergner, los vinos que éste prefiere para acompañar la comida. Al final, Moncha Insurralde se suicida —otra muerte por mano propia bajo el cielo de Santa María— con unos seconales que obliga a recetarle al doctor Díaz Grey.

Este resumen no da idea de la complejidad de la historia y la riqueza formal con que está contada.

Quizás lo más logrado de *La novia robada* sea esa inmersión en la locura colectiva de una comunidad que el relato va dejando transpirar gracias a la neblina del estilo que envuelve, deshilvanándolos, enturbiándolos, relativizándolos, deshaciéndolos, los hechos, que, como si ocurrieran en la mente de un enajenado, no siempre es claro que de veras ocurran o sean meras fantasías de los protagonistas o del propio narrador, quien, por momentos, parece tanto o más loco que la vasquita Insurralde. Por ejemplo, no hay manera de averiguar con certeza qué ocurre en las noches en la botica de Barthé, a la que Moncha acude, y donde, con el boticario y un mancebo-manceba (un hermafrodita sin identidad que en aquellas reuniones anda medio desnudo), leen las cartas del tarot. El muchacho sin nombre es, al parecer, un rufiancillo que termina quedándose con la botica de Barthé, pero no hay cómo saber si, además de la lectura del tarot, algo más, acaso macabro y concupiscente, acompaña esas ceremonias, pues así lo insinúa el lenguaje espeso, escurridizo y malsano que utiliza el narrador cuando alude a ellas.

El tiempo del relato es un hallazgo brillante, que contribuye de manera muy efectiva a constituir esa atmósfera descentrada e irracional, de mundo loco, que reina en *La novia robada*. Transcurre como un torbellino y con saltos arbitrarios hacia adelante y hacia atrás, de manera que es imposible precisar si la historia dura tres meses, como se sugiere en algún momento, o varios años. Todo es en ella incierto, igual que en la conciencia de un alienado, y, ya lo dije, hasta el propio narrador parece haberse contagiado de la sinrazón colectiva con las mudas que lleva a cabo, pasando de narrar desde un yo, como un narrador individual, a un nosotros, un narrador colectivo. Lo hace de manera muy deliberada, advirtiéndoselo al lector: «Dejo el yo y simulo perderme en el nosotros». Añade algo que es todo un santo y seña sobre el sentido mismo del relato: «Todos hicieron lo mismo». Es decir, fingir, fantasear, escapar de la realidad hacia la ficción fue una propensión súbita y generalizada de la comunidad sanmariana.

Si, en el mundo de Santa María, los hombres suelen escapar de la realidad a través de la fantasía y el sueño, las mujeres tienden a huir hacia una vida de ficción mediante la locura, como lo ha señalado, en un perceptivo análisis, Alicia Migdal.[*] Ella describe un prototipo en la obra de Onetti: «Las locas». No se refiere «a las oficiales, clásicas, pertenecientes a la historia pública de Santa María (como Julita Malabia en *Juntacadáveres*, Angélica Inés Petrus en *El astillero* o Moncha Insurralde en *La novia robada*), sino a las locas subrepticias, las que lo parecen y no lo son, las que son nombradas por el tedio y la rutina de los hombres». Se trata de mujeres a las que convendría más el apelativo de rebeldes o «infractoras», que, añade Migdal, «tienen una capacidad de absoluto (vivencia y acto) que las expulsa, necesariamente, de la vida del relato». Entre ellas, cita a Mami, de *La vida breve*, que pasea con ayuda de un plano por París sin salir de Buenos Aires; la muchacha sin nombre de *Los adioses*, de la que nunca sabremos si es no sólo la hija sino también

---

* Alicia Migdal, «Las locas de Onetti», en *Actas de las Jornadas de homenaje a Juan Carlos Onetti*, Montevideo, Departamento de Literaturas Uruguaya y Latinoamericana. Facultad de Humanidades y Ciencias de la Educación, Universidad de la República, 1997, pp. 121-123.

la amante del protagonista; y «locas de amor» como la Magda de *Cuando entonces*. Todas ellas son más intensas y genuinas que la imagen que dan de ellas quienes las narran, siempre hombres, y todas están marcadas por el «signo de la piedad». A esta estirpe pertenecen también la Kirsten de *Esbjerg, en la costa* y la Gracia César de *El infierno tan temido*. Hay en ellas algo desmedido y heroico, en el amor, en el exceso, en la fantasía, en el desafío a los límites de la realidad. También se frustran, como los hombres, pero su fracaso exhala cierta grandeza porque fracasan en empresas de gran audacia y temeridad, sin la mezquina sordidez de tantos personajes masculinos.

Al tiempo que aparecía esta historia de locura colectiva fantaseada por Onetti, Uruguay —que parecía la excepción a la regla en un continente que crepitaba por todas partes— había comenzado también, a la vez que su economía se empobrecía y su población envejecía, un proceso de debilitamiento de sus instituciones. Y se resquebrajaba en él ese consenso que había preservado su democracia. Al influjo de la Revolución Cubana, sus vanguardias políticas, intelectuales y sindicales se radicalizaban, en tanto que la clase gobernante, los partidos tradicionales y la cancerosa burocracia —tan bien retratada, con una mezcla de severidad crítica y soterrada ternura, en los cuentos y poemas de Mario Benedetti— se mostraban incapaces de responder de una manera eficaz y creativa a la agitación social y a las movilizaciones de estudiantes y militantes seducidos por el ejemplo de los barbudos cubanos y los exhortos a la revolución del Che Guevara y Fidel Castro. Como en el pequeño y chato país que es Uruguay eran inimaginables las acciones en el campo a partir de un foco guerrillero, lo que prosperó allí, en un principio con bastante éxito, fue la guerrilla urbana. Los antecedentes de esta acción son tal vez las movilizaciones campesinas que encabezó Raúl Sendic, pero su cristalización comienza con la creación del Movimiento de Liberación Nacional (Tupamaros) a partir de 1963. Sus acciones, ralas al principio pero muy efectistas, tuvieron larga repercusión internacional. Luego, irían creciendo en número y violencia —secuestros, asaltos, destrucción de bienes públicos, ataques y asesinatos de policías—, desencadenando, por parte de los gobiernos, una política represiva de creciente brutalidad, que, durante el gobierno de Jorge Pacheco Areco (1967-1971) y, sobre todo, desde la victoria electoral, en 1971, de Juan María Bordaberry, llegó a echar por la borda la legalidad y a transgredir con los peores excesos los derechos humanos. Bordaberry, del Partido Colorado, gobernó en estrecho contubernio con las Fuerzas Armadas y terminó por cederles totalmente el control del poder en 1974. La eficacia de las acciones de los tupamaros, contra las que durante buen tiempo las autoridades parecieron impotentes —un hecho espectacular que daría la vuelta al mundo fue la captura y asesinato del asesor policial norteamericano Dan Mitrione—, atizó la violencia contrarrevolucionaria, los atropellos a los derechos humanos, la práctica generalizada de la tortura y el asesinato por unos gobiernos que, con el pretexto de combatir la subversión, impusieron la censura, recortaron las libertades públicas, hicieron tabla rasa de los derechos civiles y clausuraron periódicos y sindicatos, convirtiendo en poco tiempo a la democracia modelo de América Latina en una republiqueta tercermundista, en manos de una oligarquía militar autoritaria.

ONETTI EN LA CÁRCEL

Tal vez no haya un hecho que simbólicamente muestre mejor hasta qué extremos de irracionalidad llegó a caer el Uruguay en esos años sombríos que el atropello del que fue víctima Juan Carlos Onetti en febrero de 1974. Aunque acaso en su fuero íntimo, en aquellos años, las simpatías de éste estuvieran más cerca de los revolucionarios que de sus represores, a diferencia de muchos otros escritores e intelectuales uruguayos que tomaron partido abierto por la revolución y fueron por ello perseguidos y debieron exiliarse, Onetti permaneció, en estos años finales de los sesenta y comienzos de los setenta, alejado de toda militancia, fiel a su aislamiento y acostumbrado desdén por la política. A comienzos de 1974 aceptó formar parte, junto con la escritora Mercedes Rein y el crítico Jorge Ruffinelli, del jurado del premio anual de narrativa que convocaba el semanario *Marcha*. El premio fue concedido por unanimidad al cuento *El guardespaldas*, de Nelson Marra, pero, en el fallo publicado, se consignó esta atingencia: «El jurado Juan Carlos Onetti hace constar que el cuento ganador, aun cuando es inequívocamente el mejor, contiene pasajes de violencia sexual desagradables e inútiles desde el punto de vista literario».[*]

La dictadura consideró que se trataba de un cuento «pornográfico» y, al aparecer *El guardespaldas*

---

[*] *Marcha*, Montevideo, 1 de enero de 1974, núm. 1.667, p. 23.

en *Marcha* el 8 de febrero de 1974, ordenó el encarcelamiento de Nelson Marra, así como del jurado que lo premió. Jorge Ruffinelli se libró porque había viajado a México, pero Onetti y Mercedes Rein (que convalecía de una operación de cáncer) fueron a la cárcel, donde permanecieron tres meses. Seguramente hubieran pasado mucho más tiempo allí sin el escándalo y la campaña internacional que generó este episodio. Nelson Marra estuvo preso cuatro años y fue objeto de maltratos y sevicias inicuas. Según el testimonio de Mercedes Rein[*], a ella la tuvieron en «diversos lugares de detención: Maldonado y Yi, San José y Yi, El Cilindro, una comisaría de barrio» y, finalmente en el sanatorio Etchepare, una clínica psiquiátrica. No fue golpeada, «sólo me encapucharon», y alguien, que ignora, hizo gestiones para que atendiendo a su delicada salud la trasladaran por fin al sanatorio.

Onetti fue siempre muy discreto sobre esta experiencia, alegando que dado lo mucho que habían sufrido otras víctimas de la represión, detestaba la idea de jactarse de su condición de víctima. Uno de los periodistas que consiguieron arrancarle algunos detalles de lo que fueron aquellos tres meses para él fue Ramón Chao.[**] Le contó que lo detuvieron el 10 de febrero de 1974 y que pasó los primeros ocho días en la Jefatura de Policía. Encerrado en una celda, leía novelas policiales. Carlos Quijano, el director de *Marcha*, detenido también allí, vio a Onetti «desencajado»,

---

* Mercedes Rein, «El concurso, la cárcel, los adioses», entrevista de Pablo Rocca, aparecida en *Brecha,* Montevideo, 30 de diciembre de 1992, p. 18.
** Ramón Chao, op. cit., pp. 292-295.

quien le dijo que se iba a suicidar. «Así fue», le confirmó Onetti a Ramón Chao. Lo peor ocurrió cuando de la Jefatura de Policía lo trasladaron al estadio El Cilindro, donde compartió la cancha de basquetbol con otros detenidos, en un patio inmundo. Un suplicio paralelo fueron «aquellos ruidos que hacían los milicos para festejar». No podía dormir y el insomnio —del que fue víctima casi toda su vida— aumentó su desesperación. Intentó hacer un nudo para ahorcarse con la cuerda que amarraba el colchón que le había enviado Dolly, su esposa, pero uno de los infiltrados entre los presos políticos lo denunció y lo pusieron en manos de un psiquiatra de la policía, quien lo transfirió a otro psiquiatra que «no sabía lo que decía. Y me cobró bastante caro, por cierto». Finalmente, lo trasladaron a la clínica Etchepare, donde habían llevado ya a Mercedes Rein.

En el mes y medio que permanecieron allí ambos tuvieron cuartos contiguos. Mercedes Rein cuenta que entablaron buenas migas con algunos enfermos mentales, que leyeron mucho y que su compañero de encierro se identificaba de tal manera con lo que leía que alguna vez lo vio lanzar por los aires un libro que lo irritó.* Podían recibir visitas y, además de Dolly, consiguieron visitar a Onetti algunos escritores como Idea Vilariño, Manuel A. Claps y Sylvia Lago.

El semanario *Marcha,* que había sido ya objeto de clausuras, fue definitivamente cerrado en noviem-

---

* Onetti se identificaba de tal modo con lo que leía que esta reacción no fue excepcional. Dolly me confirmó que es cierta la anécdota según la cual, conmovido y exasperado con el cuento de Julio Cortázar *El perseguidor,* que leía, al llegar a la muerte de la pequeña Bee, la hijita de Johnny, el *jazzman,* Onetti rompió un vidrio de un puñetazo.

bre de 1974 y su director Carlos Quijano encarcelado. Luego, saldría al exilio. Todo ello ocurría en un contexto de durísima represión política, en que decenas de reales o supuestos revolucionarios fueron encarcelados, torturados, asesinados o desaparecidos y en que muchos miles de uruguayos —buena parte de la élite intelectual, académica y artística del país— optaron por el exilio.

La movilización internacional pidiendo la liberación de Onetti fue muy grande. Al parecer, el jefe de la policía, sobre el que llovían las cartas y telegramas de protestas, exclamó, asombrado: «¡Pero quién mierda es este Onetti!». España fue uno de los países donde hubo más manifestaciones de solidaridad, así como gestiones públicas y privadas pidiendo su excarcelación. Una de las personas que más obraron en este sentido fue Juan Ignacio Tena Ibarra, que había sido embajador en Uruguay y era en ese entonces director del Instituto de Cultura Hispánica, a quien, en agradecimiento, Onetti le dedicaría su próxima novela, *Dejemos hablar al viento* (1979). Tena Ibarra había llevado a Onetti a España, por primera vez, en 1972 y —verdadera proeza— lo hizo dar la primera y última conferencia de su vida, en el salón de actos de Cultura Hispánica, en la que, ha contado después, Onetti «leyó apenas veinte milagrosos minutos». Al enterarse de que éste se hallaba encerrado en una clínica psiquiátrica, tomó el avión a Montevideo con una invitación —firmada por Alfonso de Borbón, presidente del Instituto— para que Onetti participara en un congreso sobre literatura barroca en Alcalá de Henares. Según su testimonio, «las autoridades uruguayas, aparentemente competentes», recibieron pocos días después, «esta vez por vía oficial», los pasajes de avión que conducirían «definitivamente a España al matrimonio Onetti».*

Una de las consecuencias no deseadas por la dictadura militar uruguaya del atropello cometido, fue que sirvió para dar una mayor difusión a las obras de su víctima en el ámbito internacional y para ganarle reconocimientos. En 1970, la editorial Aguilar había publicado en México sus *Obras completas,* con un estudio crítico de Emir Rodríguez Monegal. En 1972, en una encuesta de *Marcha,* en la que participaron muchos escritores, fue elegido como el mejor narrador uruguayo de los últimos cincuenta años. En Italia se tradujo *El astillero.*

Al salir de la cárcel recibió invitaciones y homenajes de distintas partes del mundo. *Cuadernos Hispanoamericanos* (núms. 292-294, 1974) le dedicó un número monográfico y el Instituto Italo-Latinoamericano, de Roma, premió *El astillero* como la mejor novela procedente de América Latina del año. Onetti viajó a Italia a recibir el premio y fue también jurado del Premio Casa de las Américas en La Habana.

Parece haber dudado al principio sobre dónde instalarse, ya que su permanencia en Uruguay, dadas las condiciones en que vivía el país, era difícil y riesgosa. Finalmente, viajó a Madrid, donde fijaría su residencia. Allí permanecerá —en un piso octavo del número 31 de la avenida de América— diecinueve años, es decir, hasta su muerte, el 30 de mayo de 1994. Según Tena Ibarra, desde un principio Onetti consi-

---

* Juan Ignacio Tena Ibarra, «Juan Carlos Onetti: dos viajes y un rescate», en *El País,* Madrid, 8 de octubre de 1994.

deró «su salida definitiva de Uruguay, por él valorada como la salvación de su vida y de su libertad».[*]

En efecto, nunca más volvió a pisar su país, pese a que, a la caída de la dictadura y el restablecimiento de la democracia, recibió múltiples homenajes y desagravios. El primer presidente electo luego de la dictadura, José María Sanguinetti, le llevó a España el Gran Premio Nacional de Literatura, que él no quiso ir a recibir a Montevideo. No se puede decir que cortó todo vínculo con Uruguay, pues mantuvo la amistad con viejos conocidos y compañeros que lo visitaban en España, y, con la vuelta de la democracia, ofreció entrevistas y colaboró con publicaciones de Montevideo, como *Brecha,* donde tuvo una columna. Incluso, donó los cinco mil dólares del Gran Premio Rodó, de la Alcaldía de Montevideo, que le fue otorgado en 1991, para la adquisición de libros en las bibliotecas municipales de la capital uruguaya. Pero, por debajo de todos estos gestos, algo quedó lastimado en él después de aquel estúpido vejamen del que fue objeto y que, en cierto modo, era como una confirmación brutal que infligió la realidad en su persona a esa visión profundamente desconsolada y pesimista de la vida, los seres humanos y la historia que transpiraba su literatura. Aunque siempre fue reacio a hablar de sus tres meses en la cárcel, las veces que no tuvo más remedio que hacerlo algo amargo y doloroso asomaba, como en esta confesión del año 1975 sobre el efecto que tuvo el exilio sobre su trabajo de escritor: «Durante dos años no pude escribir nada. Ni siquiera una línea. No sé lo que me pa-

---

[*] Juan Ignacio Tena Ibarra, art. cit., p. 14.

saba. El desarraigo, quizá los amigos, el café, Montevideo».*

Lo ayudaron a salir de esa desmoralización el cariño y la paciencia de Dolly, que se esforzó por convertir el piso de la avenida de América «en un hogar», y las demostraciones múltiples de aprecio y admiración que recibió en muchos sitios de América Latina y Europa, empezando por España, donde en 1979 presidió el I Congreso Internacional de Escritores de Lengua Española, que tuvo lugar en Las Palmas de Gran Canaria, y donde en 1980 el rey Juan Carlos le hizo entrega del Premio Cervantes, el más importante de la lengua. Onetti fue recibido con los brazos abiertos por los intelectuales y escritores españoles. Su caso fue único, pues en la reverencia y admiración por su obra, y el cariño por su persona, coincidieron tirios y troyanos, es decir, la izquierda y la derecha, y, hecho más bien infrecuente, escritores prestigiosos de distintas generaciones le dedicaron elogiosos artículos y ensayos. Entre ellos hay que destacar los excelentes prólogos que escribió Antonio Muñoz Molina para las reediciones que hizo la editorial Seix Barral de *El astillero*, *Juntacadáveres* y *Dejemos hablar al viento*, así como los *Cuentos completos* que editó Alfaguara en 1994. Hay que destacar también el estudio de José Manuel Caballero Bonald para el segundo volumen de sus *Obras completas* (Galaxia Gutenberg / Círculo de Lectores, 2007).

---

* Véase http://clubcultura.com/clubliteratura/clubescritores/onetti/cronolo gia.htm.

SANTA MARÍA BAJO LA BOTA

La única secuela visible de aquella experiencia brutal de la dictadura uruguaya en la obra de Onetti fue un cuento, *Presencia,* dedicado al poeta Luis Rosales, que apareció en *Cuadernos Hispanoamericanos* (núm. 339, 1978, pp. 369-374). Un cuento sutil y trágico, narrado con la sinuosa astucia de sus mejores relatos, lleno de datos escondidos. Cuando el lector llega a desentrañar su enredado contenido, descubre que el texto recrea, una vez más, el viejo tema onettiano de la fuga hacia la ficción, esta vez en un contexto de brutalidad política y represión generalizada.

Tiene que ver con Santa María pero ocurre en Madrid y parece que sucede en una realidad objetiva cuando, en verdad, lo más importante en él está domiciliado en lo imaginario. Como el Uruguay, la Santa María que conocíamos ya no existe, ahora impera en ella una «tiranía salvaje», la del General Cot, y hay dispersos por el mundo muchos exiliados sanmarianos que sacan una revista itinerante, *Presencia,* en la que se denuncian los horrores que perpetra la dictadura en Santa María, donde, dice el narrador-personaje, «Todo estaba muerto, incinerado y perdido sobre el río, sobre la nada».[*]

El narrador-personaje es un viejo conocido, el sanmariano Jorge Malabia, el dueño de *El Liberal,* quien se ha visto obligado —sin duda por el régimen— a vender el diario y que se halla ahora, exilia-

---

[*] Onetti, en *Cuentos completos,* op. cit., pp. 415-421. Todas las citas son de esta edición.

do forzado o voluntario, en España. A primera vista, Jorge Malabia lleva su exilio con desesperanza y nostalgia de su tierra, y está empeñado en seguir los pasos de una muchacha llamada María José, que trabaja en una biblioteca madrileña, y a la que cela. Confía esta misión a un detective privado llamado A. Tubor, quien le pide cinco mil pesetas para poner en marcha su pesquisa.

El relato, terminada la primera entrevista entre Malabia y el detective, da lo que parece una atrabiliaria muda de narrador. De ese narrador-personaje que es Jorge Malabia y que narra en primera persona, de pronto, después de que el sanmariano y el detective se despiden, el relato pasa a ser contado, durante unos párrafos, por un narrador omnisciente que, narrando desde la tercera persona, cuenta cómo A. Tubor, una vez que se separa de Malabia, va inmediatamente a una tasca a pagar sus deudas y a emborracharse. Luego, se dirige a la iglesia de San Blas a agradecer a la Santísima Virgen su buena estrella y por fin a alquilar una máquina de escribir en la que procede a redactar un informe para Malabia lleno de flagrantes mentiras sobre la tal María José, «la cual parece llevar una existencia normal entre su casa, su trabajo y algunas amigas [...]».

Allí hay otra muda de narrador y regresamos al narrador-personaje Jorge Malabia. Una frase críptica de éste, «Así, pagando mil pesetas diarias, tuve a María José fuera de la cárcel sanmariana [...]», poco a poco irá resolviendo el dato escondido sobre el que está erigida la historia, la entraña de lo que sucede. Descubrimos que se trata de una ficción dentro de la ficción. Jorge Malabia sabe muy bien lo que, en el úl-

timo párrafo del cuento, se revela al lector: que María
José no está en Madrid sino que es una de las víctimas
de la tiranía que aherroja a Santa María, una desapa-
recida más. Jorge Malabia ha estado viviendo una fantasía fabricada por él mismo, un autoembauco. Él generó la farsa de una María José instalada en Madrid,
con la ayuda de un detective pícaro, inventándole a la
muchacha una vida madrileña, con un supuesto amante que la recoge a la salida de su trabajo y la lleva a una
casa de citas donde le hace el amor de mil maneras y
con un ímpetu que hace sufrir y gozar a Jorge Malabia.
De este modo combate la soledad y la desesperanza en
su exilio español.

El tema político inspirado en una actualidad
trágica de su país irrumpe en este relato de Onetti, totalmente incorporado a su mundo, como una manifestación más de las infinitas formas que puede adop-
tar en él el más recurrente de sus temas: las maneras
como los seres humanos usan su imaginación para escapar de las agresiones que reciben de una realidad
enemiga.

En el año 1979 aparece en España la primera
novela de Onetti escrita en el exilio: *Dejemos hablar al
viento*.

IX. *Dejemos hablar al viento* (1979)

Novela bastante caótica, construida en torno al comisario y pintor de caballete Medina, a quien ya conocimos cuando estaba a cargo de la comisaría de Santa María. La primera parte ocurre en Lavanda, otra ciudad imaginaria que, según Hugo J. Verani, «está descrita para que se reconozca a Montevideo». En efecto, las coincidencias que señala entre ambas son numerosas: «Nombres de lugares (el Cementerio Central, la playa Ramírez, el Parque Hotel) y de calles (Isla de Flores, Carlos Gardel) de los alrededores del Barrio Sur, donde vivía Onetti, u otros lugares típicos de la ciudad (el Buceo, el restorán Morini, la Plazoleta del Gaucho, la óptica Ferrando, la avenida Agraciada, el Teatro Solís), están impregnados de la nostalgia de la patria perdida».[*] Medina ha huido a Lavanda ayudado por contrabandistas y allí vive mantenido por Frieda, pintando y —sobre todo— bebiendo. Frieda le tolera sus amoríos con Juanina, con la que ella se acuesta también. La segunda parte ocurre en Santa María, donde Medina ha regresado y es ahora, de nuevo, comisario.

Frieda ha sido cantante de music-hall y está por comprar el cabaret Casanova. Ha aparecido el joven Seoane, de veinte años, a quien Medina cree su

---

[*] Hugo J. Verani, «Dejemos hablar al viento: el palimpsesto de la memoria», en Rómulo Cosse (ed.), *Juan Carlos Onetti. Papeles críticos*, op. cit., p. 228.

hijo (su madre es una mujer de la Colonia). El muchacho, borracho y drogadicto, está loco por Frieda. Medina lo protege y lo odia a la vez. Hay contrabando y corrupción por doquier y ésa es la atmósfera en que transcurre la historia: delito, degradación, alcohol, hastío y decadencia. Al final, Frieda muere asesinada, sin duda por el comisario Medina, y Seoane se suicida con una sobredosis, atribuyéndose la muerte de Frieda en una carta que es una feroz acusación contra Medina, el casi seguro autor del crimen.

En el libro, asistimos a la disparatada resurrección de Larsen, Juntacadáveres, que había muerto de pulmonía en *El astillero* y aquí reaparece, frío, lleno de gusanos y con bastante más éxito que en su vida anterior. En Lavanda es dueño de un burdel y amueblado, nadie lo hostiliza y su negocio parece funcionar a toda vela, pues, como se jacta el viejo cafiche, hasta tiene «servicio de restorán».* El tema recurrente del viaje a la ficción está encarnado principalmente en Juanina, la muchacha a la que Medina pinta desnuda: ha hecho creer al pintor que está embarazada y que tiene una tía y, a lo largo de la historia, se descubre que todo es una mentira en la que se refugia, una vida paralela producto de su imaginación (p. 134).

Esta novela recrea y amplía un cuento de 1964, *Justo el treintaiuno,* donde aparecían Frieda y el «aborto» femenino que le pega la noche de Año Nuevo. El capítulo VIII de *Dejemos hablar al viento* tiene el mismo título y prácticamente recupera todo el cuento con muy pequeños retoques. En esta novela

---

* Juan Carlos Onetti, *Dejemos hablar al viento,* prólogo de Antonio Muñoz Molina, Barcelona, Seix Barral, 2002, p. 176. Todas las citas son tomadas de esta edición.

conocemos algunas ocurrencias que han tenido lugar en Santa María en el tiempo transcurrido desde *El astillero* y *Juntacadáveres*. La más importante es que el doctor Díaz Grey se ha casado «hace un año» con Angélica Inés, la hija tonta o loca de Jeremías Petrus, y heredado a éste. Y reaparece asimismo el Colorado, personaje de *La casa en la arena*, aunque esta nueva aparición no añada prácticamente dato alguno sobre su personalidad ni sobre su actuación en aquel episodio tan evasivo que se narra en aquel relato. Pero, aunque breve, la presencia del Colorado en esta novela es capital, pues por su mano desaparece Santa María, en un infierno de fuego que el viento atiza.

Brausen, el antiguo fundador de Santa María, ha alcanzado ahora el estatuto de Dios. Los moradores de Santa María se llaman a sí mismos brausens en vez de sanmarianos. Medina y Larsen lo evocan como al Padre Eterno, pues le deben la vida y sus destinos particulares. Medina, por ejemplo, en un momento se refiere a él de esta manera: «No debe olvidarse que Brausen me puso en Santa María con unos cuarenta años de edad y ya Comisario, ya Jefe del Departamento. Hubo un antecedente. Cuando tenía unos diez años y al Príncipe Orloff como maestro, desaparecí, estuve en el limbo hasta los cuarenta» (p. 41). Estas reflexiones pirandellianas indican, pues, que Medina sería uno de los personajes del cuento *Jacob y el otro*. Unas páginas después, Medina vuelve a los juegos a la manera de Pirandello: «Yo buscaba un hermano, un descastado, un apátrida como yo; alguien que hubiera escapado de Santa María sin permiso de Brausen, por asco a Brausen y a todo lo que de él fluía» (p. 41).

En *Juntacadáveres* la tónica ambiental de la historia estaba dada por el burdel y su atmósfera de sexo sucio y mercenario. Aquí, esa función la tiene el alcohol, cuya presencia se manifiesta en la vida de los personajes de un modo central, induciéndolos a actuar de una manera profundamente subdesarrollada. En el mundo desarrollado los borrachos suelen ser solitarios, ensimismados y pacíficos, pues, a menudo, se emborrachan con sus esposas, amigas, hermanas, y esta presencia de las mujeres los lleva a autocontrolarse y reprimir los instintos violentos que el alcohol suele atizar. Los borrachos del subdesarrollo suelen ser desaforados, ruidosos y pendencieros («¿Qué me mira?»). En *Dejemos hablar al viento* nadamos en alcohol y no sólo anda casi siempre borracho el personaje alcohólico de la historia, Seoane, sino también Medina, Frieda, los policías del destacamento, el inglés Roy o Weith, y prácticamente todo ser viviente parece alterado por las dosis de caña y otros alcoholes de que andan embebidos. Y en las borracheras de todos ellos aflora una violencia que tiene que ver con el rencor, la frustración y los desplantes machistas. En la subdesarrollada Santa María los hombres se emborrachan solos, o con putas —madres, hermanas y esposas están bien guardadas en el hogar—, y eso los vuelve vulgares, procaces y violentos, como en esta novela. La excepción que confirma la regla es el doctor Díaz Grey, quien bebe whisky en lugar de la caña paraguaya, y a quien el alcohol no lo saca de sus casillas ni le hace perder cierta elegancia británica.

La historia está contada por Medina. Según afirma, se vio obligado a salir «disparado» de Santa María, con la complicidad del Pibe Manfredo, un contrabandista al que tenía la misión de arrestar o matar. Ahora, Medina es narrador y pintor y, a ratos, hasta un filósofo anarquista que, como ocurre con frecuencia con los antihéroes de Onetti, proclama su pesimismo a los cuatro vientos y abomina de los hombres que tienen fe. Lo hace con un lenguaje crapuloso a más no poder: «Desde muchos años atrás yo había sabido que era necesario meter en la misma bolsa a los católicos, los freudianos, los marxistas y los patriotas. Quiero decir: a cualquiera que tuviese fe, no importa en qué cosa: a cualquiera que opine, sepa o actúe repitiendo pensamientos aprendidos o heredados. Un hombre con fe es más peligroso que una bestia con hambre» (p. 21). No es extraño que en esta novela se cite, de paso, Meursault, el nihilista y anárquico personaje de *El extranjero* de Albert Camus, con quien el ex comisario de Santa María guarda bastantes semejanzas.

Pero Medina es, sobre todo, como buen personaje de Onetti, un *macró,* que vive a costa de su amante Frieda y de algunos cuadros que vende a un rico excéntrico. Pasa buena parte de su tiempo acostándose con otras mujeres, que a veces comparte con Frieda, la que, como sabemos desde *Justo el treintaiuno,* es también, por épocas, lesbiana. O tumbado en la cama, fumando, bebiendo y fantaseando la historia sincopada, caótica, sin espinazo, que cuenta la novela. Aunque hay momentos que recuerdan la vieja magia del lugar y de los personajes sanmarianos, esta novela desarmada, hermética y bastante deslavazada está lejos de alcanzar la riqueza y originalidad de las tres grandes novelas de Onetti: *La vida breve, El astillero* y *Juntacadáveres.* Sin duda, lo más importante que sucede en ella, considerando la novela en el conjunto de la obra de Onetti, es la aparición de otra ciudad imaginaria, Lavanda. Pero, en vez de servir de contrapunto a Santa María, o aparecer como una expansión del mundo inventado, Lavanda, a diferencia de aquella ciudad, no tiene casi personalidad propia y es más una ausencia que un paisaje concreto. De todas maneras, que sirva de escenario a parte de esta historia tiene un significado simbólico evidente: el de la fuga sin fin, columna vertebral del mundo onettiano. Brausen inventa Santa María para fugarse del mundo real en *La vida breve*. Pero la vida ficticia de Santa María no basta a las criaturas de Onetti, poseídas por el demonio del tránsito. Por eso, aquí, Medina se fuga de Santa María a Lavanda, de una a otra irrealidad. Huir, huir, escapar, eso es lo que importa. ¿Adónde va a llevarnos esta fuga sin término?

X. *Cuando entonces* (1987)

La siguiente novela de Onetti, aparecida en 1987, *Cuando entonces,* relata una historia breve e intensa, que transcurre, una vez más, casi siempre de noche, en medio del humo, el sexo y el whisky, entre esa fauna favorita de su mundo ficticio: periodistas, putas, cafiches, gorrones, timadores, traficantes y, en general, gentes de mal vivir. Todo lo importante ocurre en Buenos Aires, pero parte de la historia se relata desde la perspectiva de la imaginaria Lavanda, donde uno de los personajes-narradores, Lamas, director del periodiquito local y que fue, antes, jefe de redacción de un gran periódico bonaerense, tiene también las características del típico antihéroe onettiano: periodista y frustrado escribidor de una novela, bebedor, putañero, enamorado sin éxito, cínico, derrotista, noctámbulo y empedernido jugador de ruleta.

La novela consta de cuatro episodios, narrados todos en primera persona por un narrador-personaje: dos de ellos por el propio Lamas, otro por un tal Pastor de la Pena, contador del Frigorífico porteño, y, el primero, por un narrador anónimo del que sólo sabemos que es también periodista en Lavanda y que trabaja en el diario del que Lamas es director. La historia, truculenta y sensiblera como una telenovela, difícilmente sería persuasiva si no la cargara de cierta fuerza dramática y distinción literaria su elaborada estructura y lo denso y poderoso del estilo en que está narrada.

Aun así, está lejos de compararse con las grandes novelas de Onetti. Cuenta la historia de una supuesta Magda —su verdadero nombre, se descubrirá al final, era Petrona García—, putita que se ganaba la vida haciendo beber y acostándose con los clientes de un cabaret de Buenos Aires llamado Eldorado, de la que se enamora un comandante mulato, agregado militar de Brasil en Argentina y aparentemente comprometido con crímenes y tráficos, que la saca del oficio y, durante un par de años, convive con ella. Son dos años de felicidad para Magda. Un buen día, es abandonada por su amante ya que el Ejército ha ordenado a éste, para guardar las formas, que se reconcilie con su mujer. Tal vez esto sea un mero pretexto para romper con ella, pero, en todo caso, al perder a su amante, la falsa Magda, que se había enamorado del militar, entra en una decadencia alcohólica y llorona y —otra más— termina suicidándose. Era una joven muy bella, que había roto muchos corazones, entre ellos el del periodista Lamas, quien tuvo con Magda una brevísima aventura de la que nunca se rehízo del todo (ésta fue la verdadera razón por la que abandonó su buen puesto en Buenos Aires para ir a enterrarse en Lavanda, dirigiendo un periodiquito insignificante).

Más importante que la historia que cuenta es, en *Cuando entonces,* el ambiente crapuloso y corrompido en que transcurre, evocado con pinceladas anecdóticas y detalles que lo cargan de verosimilitud. En el cabaret Eldorado, de falso y ostentoso lujo, hay dos ambientes. En el de abajo figuran las mesas, las orquestas —una de tangos y otra de música norteamericana— y la veintena de muchachas encargadas de hacer beber y bailar a los clientes. En los altos, unos palcos y reservados a los que pueden subir las parejas sólo cuando los caballeros encargan una botellita pequeña de champagne. Pero incluso en los palcos y reservados se mantiene la ficción de un lugar «decente»: no hay camas y las parejas deben contentarse con hacer el amor sobre una mesa o en el suelo. Eldorado tiene un administrador, un rufiancillo llamado Luisito o don Luis, por cuya cama pasan todas las muchachas antes de ser admitidas a trabajar en el local. Pero, por encima de este personajillo está la dueña del local, la magnífica madame Safó, cuya fugaz aparición en la historia es el verdadero cráter de la novela. Ella inspira la página más cautivadora del libro: la descripción que hace Lamas de la viejecilla, una putilla retirada a la que el periodista cree haber visto años atrás en un prostíbulo de Rosario y que ha llegado al pináculo de su carrera como propietaria y matrona de Eldorado, cuyos tráficos y ceremonias preside desde su pisito de las alturas, amueblado y acicalado con tantos afeites, colorines, pedrerías, colguijos y adornos como su cara y su cuerpecillo delicuescentes. Madame Safó, ahora que es próspera, ha adquirido un lenguaje que a ella le suena refinado y eufemístico: llama «remedios» a las bebidas alcohólicas, «botiquín» a su bar y se irrita si, en su delante, se profieren palabrotas. Pese a que es fugaz, su aparición deja una estela rutilante de vulgaridad, decadencia y picardía maliciosa que queda flotando en la memoria del lector.

Otro de los lugares nocturnos de la historia es un pequeño bar al que, como carece de nombre, han bautizado No Name y donde van a tomar la última copa los noctámbulos más desaforados de la noche porteña, entre ellos Lamas y Magda. Allí los atiende un personaje ya conocido en las noches de Santa María, ciudad en la que introdujo una bebida que se popularizó entre los sanmarianos: el gin-fizz. Se trata del negro Simmons, que se pasa las horas haciendo sonar rítmicamente sus cocteleras o preparando las combinaciones de alcoholes que gustan a sus clientes.

La construcción de la novela —casi idéntica a la de *Los adioses*— funciona bien, pese a una incoherencia que ocurre en el tercer capítulo, cuando el contador Pastor de la Pena, el narrador-personaje que ha comenzado siendo alguien que se dirige al comisario de policía —está dando su testimonio sobre el suicidio de Magda, con la que estuvo en el No Name aquella noche—, bruscamente y sin razón cambia de pronto de interlocutor y le habla al lector, como haría un narrador omnisciente. Esa ruptura del sistema, aunque breve, debilita el poder de persuasión de la novela.

Cuando apareció *Cuando entonces* muchos creyeron que Juan Carlos Onetti había terminado su vida de escritor y que esta ficción era su canto del cisne. Se equivocaban: todavía iba a tener tiempo de escribir una nueva historia y demostrar que, pese a sus años, seguía impregnado de los anhelos, aunque con sus facultades algo mermadas, de gran escribidor.

XI. *Cuando ya no importe* (1993)

Los últimos años de su vida, en Madrid, Juan Carlos Onetti los pasó acostado. No porque estuviera enfermo, pues, pese a las grandes cantidades de alcohol que había consumido en su vida y a los achaques naturales de la edad, se conservó bastante bien hasta el final, de cuerpo y de espíritu. Más bien por desinterés, desidia, una cierta abulia vital y esa neurosis pasiva que cultivó toda su vida ahora acrecentada por la vejez. Se levantaba y salía alguna vez, desde luego, pero era algo excepcional en una rutina cotidiana que por lo general transcurría en su piso madrileño, él en pijama, la barba crecida y los ralos cabellos revueltos, tumbado en la cama, leyendo novelas policiales y el vaso de whisky siempre a la mano. Para resolver todos los asuntos prácticos y atender a los visitantes siempre estaba allí, cerca, la diligente e incansable Dolly. Mucha gente venía a tocar a su puerta, ahora que se había convertido, en España y América Latina, en una leyenda viviente, en un *folk-hero*. Y lo sorprendente es que él solía recibirlos y charlar con ellos, en vez de echarlos con las cajas destempladas, como hacía antaño con quienes venían a tratar de curiosear en su vida privada. La vejez ablandó su hosquedad. Lo he comprobado al verificar que en los últimos diez años de su vida concedió más entrevistas que en los setenta anteriores. Según Dolly, muy en contra de lo que ocurría en sus novelas, donde los narradores suelen detestar a los niños, en su vida personal Onetti los acariñaba y solía jugar con ellos, y uno de sus lamentos recurrentes era haberse separado de su hija, en razón de su divorcio, cuando Liti tenía apenas tres años. Uno de sus grandes amores, en esos catorce últimos años de su vida, fue la perra Biche (de Beatrice), con la que Onetti podía pasar horas jugando y hasta solía dormir con ella.

Llegó a la muerte sin angustia ni temor, acaso porque la muerte había estado siempre muy presente en su vida. Muchas veces dijo a Dolly que a menudo veía a la gente que lo rodeaba como si fueran esqueletos. En sus periodos de crisis, cuando, sin poder escribir ni leer, se encerraba en un mutismo y soledad totales, amenazaba a veces con quitarse la vida. Pero, al final de su vida, esperó la partida con total serenidad, leyendo sin descanso, o, mejor dicho, releyendo muchos libros —entre ellos, siempre novelas policiacas— que tenía muy presentes en la memoria, como *Laura,* de Vera Caspary, que llevó al cine en una adaptación maravillosa Otto Preminger, y que, según Dolly, releyó hasta una docena de veces. Los últimos días, en el hospital, tuvo siempre un libro en la mano hasta el instante de morir.

José Manuel Caballero Bonald ha dejado un animado boceto de este Onetti de los últimos años: «Un día de un otoño de los años ochenta fui a visitar a Onetti. Vivía en un piso algo sombrío y estaba retenido en una de sus más obstinadas fases de acostado. Esa situación de residente estable en la cama dotaba al novelista de un manifiesto aire de enfermo imaginario o de excéntrico personaje de alguna novela no escrita todavía. Y allí estaba Dolly ejerciendo de veladora de cada uno de los días de Onetti, esa última y definitiva mujer sin la que muy deficientemente se puede entender en puridad la vida de un escritor [...] Cuando yo lo conocí, se había pasado del vino tinto al whisky —por prescripción facultativa, según decía— y sólo leía novelas policiacas: Chandler, Simenon, Hammett, Jim Thompson, incluso algunas novelitas negras de frágil calidad y enredo curioso. También oía de vez en cuando algún tango de la buena época y algún bolero clásico. Apenas escribía o sólo escribía fragmentos hipotéticamente aprovechables, esas verbosidades de insomnio que trataría luego de acomodar entre otros textos más elaborados. O que perdería adecuadamente en el desarreglo general del tiempo. Es posible que el visitante alcanzara a tener una sensación predecible: que aquel señor con aspecto de convaleciente taciturno no podía ser el mismo que escribiera páginas tan definitivamente seductoras. Pero de todo eso, como diría Onetti, hace ya muchas páginas».[*]

Publicada en 1993, un año antes de la muerte de Onetti, *Cuando ya no importe,* novela que pone fin a la saga de Santa María, aunque tiene chispazos esporádicos del viejo brillo, carece de espina dorsal y de estructura y sus cuadros y episodios son retazos que apenas se articulan entre sí. El libro da a menudo la impresión de una historia desmenuzada en la que faltan muchas piezas para que tenga unidad y coherencia. El olvido es, por lo demás, uno de los subtemas de la historia, pues tanto narradores como personajes dudan a menudo de sus propias identidades y de los

---

[*] José Manuel Caballero Bonald, «Iluminaciones en la sombra», prólogo a Juan Carlos Onetti, *Obras completas. Novelas II (1959-1993),* edición de Hortensia Campanella, Barcelona, Galaxia Gutenberg / Círculo de Lectores, 2007, pp. XVI-XVII.

nombres de lugares y cosas. Hortensia Campanella señala que *Cuando ya no importe,* iniciada en 1978 como una ambiciosa novela, se diluyó luego en «multitud de episodios a menudo inconexos» y que la tarea de organizarlos fue confiada con frecuencia por Onetti a su hijo Jorge y a su nuera Andrea.[*] Eso explica sin duda, en parte al menos, que la novela carezca de la fluidez con que transcurren otras historias de Onetti y abunden en ella contradicciones, falsas pistas e incoherencias.

Está narrada en primera persona por un tal Carr —no es seguro que se llame así—, personaje hasta ahora desconocido en el mundo ficticio, que comienza y termina de escribir un diario, en Monte (obvio apócope de Montevideo), a lo largo de los muchos años que vive en una Santa María que él ha rebautizado Santamaría. Pero no todo el diario aparece en la novela, sólo fragmentos, sin indicación de fechas, de modo que constantemente nos encontramos con unos saltos temporales imprevistos, a veces de lustros, como el que nos revela que Elvirita, una niña de pocos años, de pronto se ha convertido en una adolescente audaz que lleva condones en la cartera y forma parte de una banda de muchachas que cargan cuchillos para cortar «las bolas» de los violadores.

La ciudad imaginaria de Santamaría a la que Carr viaja desde la realidad de Monte, como lo había hecho Brausen desde Buenos Aires, ha crecido mucho en los años transcurridos desde las historias anteriores. Ahora está dividida en tres ciudades distintas —Santamaría Nueva, Santamaría Vieja y Santamaría Este—

---

[*] Juan Carlos Onetti, *Obras completas. Novelas II (1959-1993),* op. cit, p. 1134. Todas las citas de *Cuando ya no importe* en este capítulo proceden de esta edición.

y, por ejemplo, la colonia suiza, antes separada y distante, ahora ha sido absorbida por ella. Al mismo tiempo, a la vez que ha crecido, se ha vaciado, pues buen número de sus vecinos han emigrado al extranjero en busca de trabajo. Ya no está tan apartada del resto del mundo. Éste ha venido a ella en forma de empresas norteamericanas que buscan petróleo. Están construyendo una represa y sus campamentos se han llenado de unos indios que, como doña Eufrasia —la sirvienta de Carr—, mascan coca para adormecer el hambre y la fatiga. La frontera del Brasil, antaño lejana, ahora se halla a un paso, lo que facilita el contrabando, la actividad más lucrativa y generalizada de la localidad. Esta industria mafiosa tiene como jefe a Abu Hosni, un falso «turco» —pues, aunque así lo llaman, ha nacido en Arabia Saudita— que lleva «en la nómina» a toda la policía de aduanas, de modo que sus camiones pueden realizar el tráfico en la frontera brasileña prácticamente sin molestias.

Todavía existen El Chamamé y su mozo, el negrito Justino, pero esa antigua fondita para gentes pobres es ahora un burdel de olor «amoniacal de muy viejos orines ayudados por orines frescos» y una mezcla dulzona y repugnante de perfumes baratos y sobacos de mujeres en el que animan a los clientes «tres musicantes» (p. 991). De los viejos sanmarianos, aún está allí el viejo periodista español exiliado, el gallego Lanza, que ahora malvive tratando de vender libros viejos y algo de pornografía (p. 997). El periódico en el que trabajaba, *El Liberal,* ha desaparecido, así como *El Socialista,* y sólo circula en Santamaría *La Voz del Cono Sur.* De los viejos bares y cafés sólo parece sobrevivir el Berna, aunque ahora ha mudado de nombre y se llama el Brausen, en honor del Dios Padre creador de ese mundo de ficción al que los nativos, imbuidos de una religiosidad mucho más ostentosa que la de antaño, cantan plegarias y rinden homenaje en procesiones. La composición social que tenía antes Santa María, en la Santamaría de Carr se ha transformado. La clase media blanca y occidentalizada se ha encogido y es apenas visible, en tanto que indios, mestizos y mulatos —muchos procedentes del Brasil— dominan la calle y el campo.

Personajes importantes de la historia son dos viejos conocidos nuestros: el doctor Díaz Grey y su esposa, Angélica Inés, la hija loca de Jeremías Petrus. El narrador, Carr, se hace amigo del doctor y recibe sus confidencias, que retroactivamente llenan muchos vacíos o rectifican informaciones erróneas que teníamos sobre las vidas y andanzas de los sanmarianos. Así, nos enteramos de que Jeremías Petrus ganó por fin su famoso pleito y pudo vender el ruinoso y fantasmal astillero y el pequeño ferrocarril, gracias a lo cual Díaz Grey y su esposa viven sin preocupaciones económicas, en el palacete erigido sobre pilotes y rodeado de parques, en cuyo portón de hierro de letras entrelazadas figuran siempre sus iniciales: JP. Allí, Díaz Grey y Angélica Inés representan una de esas típicas ficciones del mundo onettiano, pues, aunque son marido y mujer —los casó por la Iglesia, según se nos dice, otro conocido nuestro, el padre Bergner—, simulan ser padre e hija, y ella habla de, y trata a su esposo como, su progenitor.

El personaje de Angélica Inés, a la que en *El astillero* habíamos visto apenas a la distancia, una silueta sumida en la irrealidad de la locura, aparece aquí como un personaje mucho más consistente y entre trágico, truculento y siniestro. Nos enteramos de las intimidades de la hija de Jeremías Petrus por Josefina, la Jose —aquella sirvienta con la que se acostó Larsen, Juntacadáveres, en *El astillero*—, que sigue con ella. Fue una joven ardiente que dormía en la noche con Josefina y ama y sirvienta se acariciaban como dos amantes. Pero estos juegos lésbicos no aplacaban el ardor sexual de Angélica Inés, que, en las tardes, se escapaba de su casa y tenía aventuras con «los muchachos que trabajan en el río». A resultas de lo cual quedó embarazada, tal vez de «uno de los gringos». Josefina y Angélica Inés pidieron al doctor Díaz Grey que hiciera abortar a la hija de Jeremías Petrus pero el médico se negó. Pese a ello las visitas a Díaz Grey continuaron y así se forjó el enlace que llevó a la pareja al altar del padre Bergner. El matrimonio no ha amainado el frenesí sexual de Angélica Inés, como comprueba el narrador Carr, pues, el día que éste va a la casa de Díaz Grey en busca de ayuda para la parturienta Eufrasia, su sirvienta, en un momento que se queda solo con la dueña de casa en el garaje, Angélica Inés lo obliga a que la masturbe.

La niña que tuvo Angélica Inés se llama Elvira y la hija de Jeremías Petrus trató de asfixiarla apenas nació, pero no lo consiguió; entonces, aplacaba su odio a la recién nacida, golpeándola. Finalmente se la entregaron a la madre de la criada Josefina, es decir, a doña Eufrasia —la actual sirvienta de Carr—, para que la criara como a su hija. Por ello Díaz Grey le ha venido pagando una mensualidad.

Carr, el narrador de *Cuando ya no importe,* es, como buen antihéroe onettiano, un cínico pesimista convencido de que «la estupidez humana es inmortal»

(p. 948). Pero, a diferencia de los otros, no odia a los niños. Por el contrario, le toma cariño a Elvirita, a la que cree hija de doña Eufrasia, y víctima, a veces, de arrebatos de «la piedad, la jodida piedad», como vemos en aquella curiosa escena en la que, obligado por el «turco» Abu a asistir a un asado de policías aduaneros, apartados de la frontera porque va a haber un pase importante de mercancías de contrabando, se apiada de una menor de edad a la que los policías se han llevado consigo para gozar de ella. Conmovido ante esa niña prostituta, que parece haber tenido pese a sus pocos años una larga experiencia de burdeles, le propone simular que hacen el amor y pagarle de todas maneras la tarifa. Ella se indigna y en su portugués brasileño le recuerda que es una profesional con sentido del honor: «Eu no aceito limosna» (p. 1040). Carr tiene menos escrúpulos en lo que concierne a doña Eufrasia. La describe como una india fea pero con «un culo de negra», a la que alguna vez le hace el amor —aunque sería más preciso llamar a ese acoplamiento una mera fornicación animal—, eso sí, tapándole la cara con un trapo. Carr tiene una biografía misteriosa, como es habitual en los personajes de Onetti. Sólo sabemos con precisión que su mujer, Aura, lo ha abandonado y su partida de Monte a Santamaría, aunque ha sido aconsejada por un tal profesor Paley, tiene mucho de fuga, de una voluntad de perderse o desaparecer, como le ocurre a Brausen en *La vida breve*.

A diferencia de las otras apariciones de Santa María, la que figura en esta novela es más rural que urbana, pues la mayor parte de la acción transcurre en el campo y en un islote, donde se está construyendo la represa, entre gente basta, primitiva y corrupta con la que Carr no tiene mayor comunicación. Al final, la historia da unos saltos temporales bastante forzados y la anécdota misma se vuelve confusa y disparatada hasta la farsa, cuando nos enteramos por la fantasmal Autoridá que Elvirita ha tratado de matar a su falsa madre, doña Eufrasia. Pero, en verdad, a quien la adolescente mata es a la «mala bestia» de la Autoridá y a Trajano, el perrito con el que Carr también se había encariñado. La saga de Santa María se evapora así en una suerte de parodia o esperpento melodramático, acaso para subrayar su naturaleza artificial, su condición de mundo puramente fantaseado.

En un interesante ensayo sobre *Cuando ya no importe,* Gustavo San Román encuentra que ésta es una novela marcada por la experiencia del exilio. Por lo pronto está llena de reminiscencias de Montevideo y en ella hay una desconexión deliberada entre los nombres de las cosas y de las personas, como ocurre con la distancia en el espacio y en el tiempo de una persona que llevaba ya casi veinte años en el exilio. Pero esta desintegración de la memoria, que tiene ya dificultad para identificar por sus nombres a las personas y a las cosas, no es sólo un rasgo de exiliado.[*] Es, también, la de un hombre que intuye que su vida ha quedado ya atrás, que es consciente del deterioro que la edad inflige a su memoria y se sabe a las puertas de la muerte. Y con todo ello sigue haciendo literatura. La lectura que hace Gustavo San Román de *Cuando ya no importe* muestra que Onetti, al escribirla, era consciente de que esta novela sería su canto del cisne.

---

* Gustavo San Román, «Las marcas del exilio en *Cuando ya no importe*», en *Actas de las Jornadas de Homenaje a Juan Carlos Onetti*, op. cit., pp. 186-193.

En este libro Onetti ensayó un tipo de frase diferente, en la que el rasgo distintivo es la supresión de los artículos tanto definidos como indefinidos. En algunos casos esta supresión consigue un curioso efecto de generalización de los objetos y seres nombrados, que es, también, una forma de desrealización, pero la mayoría de las veces resulta chocante y perjudicial porque desconcierta al lector, lo saca de la ilusión, sin que aquel artificio aporte en verdad nada para un mejor cumplimiento de la historia. Pero, aunque no tuviera mayor éxito, este empeño renovador de la sintaxis narrativa muestra que Onetti conservó hasta el final, como creador, la voluntad renovadora y la audacia, incapaz de contentarse con lo ya logrado y buscando siempre nuevas formas de expresión.

Suma y resta

Nacido en 1909 y fallecido ochenta y cinco años más tarde, en 1994, la vida de Juan Carlos Onetti abarca casi todo el siglo XX, un periodo de cataclismos sociales y políticos sin precedentes, y de grandes escritores —el siglo de Joyce, de Kafka, de Proust, de Faulkner, de Thomas Mann, de Borges—, entre los que merece figurar con una obra singular y difícil, representativa de su tiempo e inconcebible fuera del entorno en que se gestó.

Esta afirmación podría sorprender a quienes consideran a Onetti, por la falta de color local que caracteriza su obra, un escritor desarraigado o «evadido», como se llamaba, de manera reprobatoria, todavía en los años cincuenta y sesenta, en América Latina, a los escritores que no practicaban el regionalismo «telúrico» y escribían sin mayores vínculos directos con la problemática social y política de su país.

A primera vista, esta idea —este prejuicio— tiene en qué sustentarse. Los relatos y las novelas de Onetti cuentan historias que podrían ocurrir en cualquier lugar del mundo, pues los escenarios en que tienen lugar, aunque aluden al Río de la Plata, lo hacen de manera vaga, atendiendo muy tangencialmente a su paisaje y a su circunstancia. Sin embargo, debajo de esa apariencia de ficciones desnacionalizadas y cosmopolitas hay una obra que, además de su naturaleza específica de creación artística concebida por la imaginación y el lenguaje, es un testimonio sutil y alegórico —como ofrece siempre la obra de arte— de la realidad cultural e histórica que le sirvió para constituirse. Esta obra ilustra de manera ejemplar el proceso creativo y la razón de ser de la literatura.

Onetti construyó un mundo literario a partir de una experiencia universalmente practicada por los seres humanos: huir con la fantasía de la realidad en la que viven y refugiarse en otra, mejor o peor pero más afín a sus inclinaciones y apetencias. Éste es el origen de la literatura y muchos escritores convirtieron en ficciones semejante propensión, recurrente en la narrativa universal. De hecho, la obra emblemática de la literatura de nuestra lengua, el *Quijote,* cuenta las aventuras y desventuras de un personaje que, estimulado por la lectura de las novelas de caballerías, despega del mundo real para vivir en un espejismo de ficciones. Pero, a diferencia de otros escritores, que tocaron este tema de manera pasajera y entre otros, Onetti consagró su vida entera de escritor a elaborar una saga en la que la voluntad de fuga hacia lo imaginario fuera la columna vertebral alrededor de la cual girase toda su obra, el eje que la trabara y diera coherencia.

Esto no fue casual y ni siquiera deliberado, no respondió en modo alguno a una planificación de tipo balzaciano. No. Resultó de la audaz intuición de un creador que, desde los albores de su carrera literaria, supo hacer de sus carencias una virtud y convirtió sus limitaciones en una manera original de ver el mundo, de rehacerlo y sustituirlo por otro, literario, de fantasía y de palabras.

Si la vida fuera tan espantosamente siniestra y la humanidad una masa tan repelente de frustrados y amargados como dicen los narradores y personajes de Onetti, difícilmente hubiera tenido quien los inventó el aliciente y la voluntad para coger la pluma —o sentarse ante la máquina de escribir— y dedicar tantos días, meses y años a elaborar una obra tan abundante y de tan sólida factura como la que forjó. ¿Quiere decir esto que había, en aquellas imprecaciones contra la vida que jalonan las historias de Onetti, puro teatro? No. Había algo más complejo: una protesta contra la condición que, dentro de la inconmensurable diversidad humana, hacía de él una persona particularmente desvalida para eso que, con metáfora feroz, se llama «la lucha por la vida». La inteligencia de que estaba dotado, en vez de endurecerlo, lo debilitaba para aquella competencia en la que gana no sólo el más fuerte, sino el más entrador, vivo, pillo, simulador y simpático. Inteligencia, sensibilidad, timidez, propensión al ensimismamiento y una incapacidad visceral para jugar el juego que conduce al éxito —las despreciables «concesiones» a las que fulmina en sus historias—, lo fueron marginando desde muy joven, alejando de aquellos que persiguen y consiguen con denuedo «labrarse un porvenir». No participó en dichas empresas porque carecía de esos apetitos y se sabía derrotado de antemano en semejante designio. Por eso, se contentó, desde muchacho, con trabajos periodísticos y publicitarios con los que cumplía, aunque sin mayor entusiasmo y sin propósito alguno de valerse de ellos para escalar posiciones y «triunfar». El fracaso le garantizaba, al menos, cierta disponibilidad —tiempo— para sumergirse en la literatura, quehacer en el que sus limitaciones de la vida real desaparecían y sus virtudes —la sensibilidad, la inteligencia y su cultura—, que en la vida real eran más bien un lastre, le servían para fantasear una existencia infinitamente más rica, bella y sensible que la de su rutina cotidiana. Esta operación la resume muy bellamente el narrador de *Para una tumba sin nombre*, al final de la historia: «Lo único que cuenta es que al terminar de escribirla me sentí en paz, seguro de haber logrado lo más importante que puede esperarse de esta clase de tarea: había aceptado un desafío, había convertido en victoria por lo menos una de las derrotas cotidianas». Escribir era, para Onetti, no una «evasión», sino una manera de vivir más intensa, una hechicería gracias a la cual sus fracasos se volvían triunfos. Por eso, toda su vida insistió en que la literatura no podía ser un mero oficio, una profesión, menos aún un pasatiempo, sino una entrega visceral, un desnudamiento completo del ser, algo que tenía más de sacrificio que de trabajo, que se llevaba a cabo en la soledad y sin esperar por ello otra recompensa que saber que, escribiendo, le sacaba la vuelta a la puta vida.

Cuando escribía, ese tímido perdía la timidez y la inseguridad frente al mundo y adquiría la seguridad y solvencia que manifiestan las bravatas, imprecaciones y fulminaciones de esos personajes suyos, inconfundibles, en los que coexisten, en curioso maridaje, la frustración y el fracaso con la desmesura imaginativa —las empresas delirantes—, el cinismo y los desplantes.

Las empresas delirantes llevan a los personajes de Onetti —como a Onetti mismo a la hora de escribir— a cerrar los ojos frente a la realidad tal como es y a reemplazarla por un mundo imaginario, fabricado como un desagravio o una compensación. Su personaje más representativo es Larsen, Junta o Juntacadá-

veres, que toda su vida intentó ser un exitoso explotador de mujeres —dueño o regente de burdeles de lujo
y cortesanas de alto vuelo— y sólo consiguió explotar
a las ruinas humanas a las que debe su patético apodo.
Refugiados en ese delirio lúcido, en la locura, o empujados al suicidio por su total incompatibilidad con
el mundo en el que viven, los personajes de Onetti
evolucionan en un mundo que no es fantástico ni realista, sino una alianza de ambas cosas —éste es uno de
los rasgos más inusitados de su literatura—, en el que
constantemente estamos pasando a uno y otro lado de
esa frontera que, en la vida real, separa la vida vivida
de la vida soñada. En su obra, ambas se confunden y,
a menudo, la inventada disuelve a la real en un torbellino de imágenes inconcretas e indefinibles, en un
mundo de fragmentos, inconcluso e incierto. Éste es
uno de los aspectos que más incomoda al lector, a lo
que más cuesta acostumbrarse en los cuentos y novelas de Onetti: que a menudo sea difícil, o imposible,
saber con exactitud qué es lo que ocurre en ellos. Los
hechos suelen quedar en la incertidumbre, desdibuja-
dos por una neblina de palabras, una prosa que a la
vez que crea una historia la sutiliza y desrealiza. Así
sucede con la realidad que soñamos o inventamos,
una realidad que, a diferencia de aquella en la que vivimos, carece del orden que da el tiempo y que escapa
a sus servidumbres, pues está hecha de imágenes sin
sucesión, de yuxtaposiciones arbitrarias. Pero, en la
obra literaria lograda, incluso el caos y el desorden deben responder a algún principio de organización y coherencia racional, so pena de que los textos, como
aquellos ejercicios de escritura automática de los surrealistas, no superen la condición de documentos

psíquicos, de dudosa valía estética. Éste no es el caso de Onetti, desde luego, pero, en su obra, muchas de sus historias, magistralmente iniciadas, se marchitan de pronto sin dar todo lo que prometían, por un deslizamiento hacia la confusión que las aniquila de manera precipitada y arbitraria.

Onetti fue el primer novelista de lengua española moderno, el primero en romper con las técnicas ya agotadas del realismo naturalista, con su estilo sentimental, amanerado y lleno de resabios románticos y truculentos, el primero en utilizar un lenguaje propio, elaborado a partir del habla de la calle, un lenguaje actual y funcional, que no creaba esas cesuras típicas de la literatura costumbrista entre vida espontánea y estilo ampuloso y libresco, que construía sus historias utilizando técnicas de vanguardia como el monólogo interior, las mudas de narrador, los juegos con el tiempo. Adaptó a su mundo los grandes hallazgos narrativos de los mejores novelistas modernos, pero no fue un mero epígono. Si aprovechó las lecciones de Faulkner, de Joyce, de Proust, de Céline, de Borges, lo hizo de manera novedosa y personal, para dar mayor verosimilitud, añadir matices y fuerza persuasiva a un mundo visceralmente suyo, creado a imagen y semejanza de esas filias y fobias que él volcaba enteras a la hora de escribir en una especie de discreta inmolación. Por eso, su obra nos da esa sensación de autenticidad y de integridad totales.

La destreza técnica de Onetti constituyó una verdadera revolución en un continente en el que sus contemporáneos escribían todavía novelas en esos estilos engolados y postizos que, al mismo tiempo, pretendían describir lo pintoresco y lo típico de la vida regional, y que, por su desconocimiento de las técnicas modernas de la narrativa, solían incurrir en incoherencias y contradicciones en los puntos de vista y la elaboración del tiempo narrativo.

Desde *El pozo* (1939), Onetti aparece como un novelista consciente de lo que significa la estructura de una novela, de la importancia capital que tienen en ella la invención del narrador, los puntos de vista, la creación de un tiempo narrativo de la historia que la singularice y el manejo de los distintos niveles de realidad —un mundo objetivo, otro soñado e inventado— entre los que va transcurriendo la acción. No hay que confundir técnica con tecnicismos, esos alardes o exhibicionismos formales que se cuentan a sí mismos y convierten lo que cuentan en un mero pretexto para el cómo se cuenta. La técnica es eficaz cuando es invisible, cuando desaparece tras el efecto que consigue, dando mayor relieve, hondura, emoción y semblante de verdad a lo que cuenta: una situación, una acción, un personaje. Es el caso de un Rulfo, un Borges y es también el de Onetti. En todas sus historias, cuentos y novelas, hay una compleja urdimbre de mudas de narrador, de saltos de lo objetivo a lo subjetivo, del pasado al presente, de la realidad a lo fantástico, de la vigilia al sueño, que muestran a un avezado malabarista, a un sabio conocedor de las infinitas posibilidades que la forma tiene para dar determinada orientación a lo narrado. Por eso, las historias de Onetti son de una gran complejidad y nunca se agotan en lo que simplemente dicen. Detrás de su forma explícita hay siempre un segundo o tercer nivel al que tenemos que llegar con esfuerzo siguiendo las pistas de que están sembradas sus historias y que nos conducen a unas intimidades de la personalidad humana, deseos o instintos destructores y autodestructivos, raíces recónditas de los dramas y tragedias que conforman el primer plano de las historias. Pocos escritores latinoamericanos han explorado mejor que Onetti la personalidad oculta de los seres humanos, aquella que se esconde tras esas apariencias de atuendo, conducta y ritos que impone la vida en sociedad, y a ello se debe que sus historias parezcan a menudo tan descarnadas y crueles.

De una manera que Onetti no pudo ni querer ni sospechar, esta obra es una criatura de América Latina, es decir, del tiempo y la circunstancia en que fue concebida. El novelista de la frustración y de la fuga de una realidad detestable en aras de la fantasía es muy representativo de la América Latina del fracaso y del subdesarrollo. No es caprichoso divisar detrás del mundo de derrotados, pesimistas, evadidos mentales, fantaseadores enloquecidos y marginados de toda índole que pueblan sus ficciones, una sociedad a cuya inmensa mayoría las decepciones, derrotas y frustraciones que les inflige la realidad induce a volar en el ensueño hacia la irrealidad —literaria y artística en los mejores casos y, en los peores, hacia la irrealidad política, económica y social—, negándose toda forma de pragmatismo en nombre de la utopía, vasto concepto que abraza la ideología, la revolución, el fanatismo, el racismo, la xenofobia, el militarismo, el nacionalismo y demás doctrinas que pretenden encerrar la ilimitada realidad humana en un esquema dogmático e irreal.

Existe la ingenua creencia de que la literatura comprometida es sólo aquella que describe los antagonismos sociales, la lucha de clases, la explotación de los pobres por los ricos o los abusos contra los derechos humanos de los poderosos. Desde luego, estos temas son perfectamente válidos y hay novelas que los han abordado alcanzando niveles de excelencia, aunque lo cierto es que, por su uso y abuso, este tipo de literatura se impregnó en América Latina de tal cantidad de tópicos y lugares comunes que generó una abundante subliteratura de ínfima calidad artística.

La obra de Onetti no es de esta índole y aquellos temas sólo asoman muy de vez en cuando en sus ficciones, aunque nunca convertidos en estereotipos o clisés. Pero el referente de sus mundos inventados, Santa María, Lavanda o Enduro, es una realidad corroída por la desesperanza y la frustración en la que, como Brausen y Onetti, millones de seres que se sienten fracasados y derrotados en un mundo asfixiante y sin salida optan por la fuga a lo imaginario. No necesariamente hacia lo imaginario en su expresión artística, aunque en algunos casos sí, y ésa es la razón por la que América Latina, que ha errado y fracasado una y otra vez en sus opciones políticas, sociales y económicas, ha sido en cambio tan poco subdesarrollada y tan creativa en el dominio artístico: la música, la danza, la pintura, la literatura. Pero optar por lo irreal en los compromisos históricos, en las apuestas sociales, políticas y económicas, conduce a una sociedad a la pobreza económica y a la barbarie política. La mejor definición del subdesarrollo tal vez sea: la elección de la irrealidad, el rechazo del pragmatismo en nombre de la utopía, negarse a aceptar la evidencia, perseverar en el error en nombre de sueños que rechazan el principio de realidad.

Las vidas latinoamericanas suelen ser tan fragmentarias e inconclusas como las de los personajes de

Onetti porque transcurren en la inseguridad, amenazadas siempre de brutales transformaciones —golpes de Estado, cambios radicales de política, rebeliones, insurrecciones, guerras civiles, crisis económicas, cataclismos sociales— que pueden destruir en pocas horas lo construido a lo largo de años o enviar a la cárcel, al paredón o al exilio a quien hasta ayer se creía a salvo, dueño de una vida segura y estable.

Ese estado de cosas hace vivir a la gente en una insatisfacción e inseguridad que es la que impregna las historias de Onetti, aunque sus personajes rara vez atribuyan esos estados de ánimo a causas sociales y tiendan más bien a sentir detrás de aquello que los amenaza y hunde esa «desgracia» que en *El astillero* es como una fatalidad metafísica. Como a estos personajes, a menudo el alcohol, la bohemia estéril, el sexo desasido de sentimiento —una gimnasia frenética— ofrecen un paliativo momentáneo para la desesperanza y la sensación de fracaso en que transcurren sus vidas, que, luego, los hunde en zonas más profundas de abatimiento y parálisis.

Pero ver en la obra de Onetti sólo una manifestación sesgada del subdesarrollo latinoamericano sería un desatino y una desnaturalización. Ella es, sobre todo, literatura, vida alternativa, vida creada, vida hecha de imágenes y de lenguaje, construida con una materia prima de experiencias humanas y traumas históricos y sociales, pero emancipada y soberana gracias al talento creativo de un escritor que supo encontrar para los fantasmas que lo habitaban unas formas expresivas de gran versatilidad, audacia y belleza. Lo que hay en el mundo de Onetti de amargo y pesimista, de frustración y sufrimiento, cambia de valencia cuando, seducidos por la sutileza y astucia de su prosa, entramos en su mundo, lo vivimos, gozando con lo que en él sucede aunque al mismo tiempo suframos y nos desgarremos con el espectáculo de las miserias humanas que él exhibe. Ése es el misterio de la obra literaria y artística lograda: deleitar sufriendo, seducir y encantar mientras nos sumerge en el mal y el horror. Pero esa paradójica metamorfosis es privilegio de los genuinos creadores cuyas obras consiguen trascender el tiempo y circunstancia en que nacieron. Onetti era uno de ellos.

Lima, abril de 2008

Reconocimientos

Este ensayo nació en un curso universitario que di en el semestre de otoño de 2006, en Georgetown University. Siempre admiré la obra de Onetti, y, desde que la descubrí, en los años sesenta, me tentaba la idea de leerla de manera sistemática, de principio a fin, convencido de que leída de este modo el conjunto sería más rico que la suma de sus partes: es el caso de aquellas obras concebidas como una totalidad narrativa de la que cada novela o cuento es, a la vez, una historia autónoma y el fragmento de una historia general, por ejemplo las sagas narrativas de un Balzac, un Faulkner o un García Márquez.

La experiencia resultó extraordinariamente estimulante. Fue un placer releer a Onetti con lápiz y papel a la mano y discutirlo en clases con unos estudiantes que aportaron muchas ideas en intensos intercambios. Tomé tantas notas y apuntes en aquel dorado otoño de Washington D. C. que, finalizado el curso, decidí convertir todo aquello en este ensayo que hoy ve la luz.

Muchas personas lo hicieron posible con su generosa colaboración, empezando por mi asistenta en Georgetown University, Rosana Calvi, y los jóvenes que tomaron el curso. No fue fácil consultar la bibliografía, ya frondosa, sobre Onetti. Fue una circunstancia feliz que mi investigación coincidiera con la aparición en Galaxia Gutenberg / Círculo de Lectores de los dos prime-

ros volúmenes de las *Obras completas* de Onetti, prepa-
rada con rigor académico y abundante información por
Hortensia Campanella.

Debo a muchos amigos la consulta de libros,
testimonios, entrevistas y artículos de o sobre Onetti,
que, de otra manera, no hubieran llegado a mis manos. Entre ellos, debo citar a Santiago Real de Azúa,
Ramón Chao, Enrique Iglesias, Juan Cruz, Rubén
Loza Aguerrebere, Alonso Cueto, Mario Borgonovo
y, muy especialmente, a Dolly Onetti, la viuda del escritor, con quien tuve en Buenos Aires una conversación que me reveló muchos aspectos fascinantes de su
personalidad. A todos ellos les reitero mi agradecimiento, y los exonero, claro está, de los errores o ine-
xactitudes que se puedan haber deslizado en las páginas de este libro.

De más está decir que la bibliografía citada por
mí es sólo la que he podido consultar. Soy consciente
de la cantidad de textos críticos sobre Onetti que han
quedado fuera de mi alcance. Pero éste no es un libro
de erudición sino la lectura personal de una obra que
quedará como una de las más valiosas que ha produ-
cido la literatura de nuestro tiempo.

Índice bibliográfico

Índice onomástico

Este libro
se terminó de imprimir
en los talleres gráficos
de Metrocolor S. A.
en el mes de noviembre de 2008,
Lima, Perú.

TRAVESURAS
DE LA NIÑA MALA
Mario Vargas Llosa

Ricardo ve cumplido, a una edad muy temprana, el sueño que en su
Lima natal alimentó desde que tenía uso de razón: vivir en París.
Pero el reencuentro con un amor de adolescencia lo cambiará todo.
La joven, inconformista, aventurera, pragmática e inquieta, lo arrastrará
fuera del pequeño mundo de sus ambiciones.

Testigos de épocas convulsas y florecientes en ciudades como Londres,
París, Tokio o Madrid, que aquí son mucho más que escenarios, ambos
personajes verán sus vidas entrelazarse sin llegar a coincidir del todo.
Sin embargo, esta danza de encuentros y desencuentros hará crecer
la intensidad del relato página a página hasta propiciar una verdadera
fusión del lector con el universo emocional de los protagonistas.

Creando una admirable tensión entre lo cómico y lo trágico, Mario
Vargas Llosa juega con la realidad y la ficción para liberar una historia
en la que el amor se nos muestra indefinible, dueño de mil caras, como
la niña mala. Pasión y distancia, azar y destino, dolor y disfrute...
¿Cuál es el verdadero rostro del amor?

LA ORGÍA PERPETUA
Mario Vargas Llosa

«Hacía años que ninguna novela vampirizaba tan rápidamente mi atención, abolía así el contorno físico y me sumergía tan hondo en su materia.»

MARIO VARGAS LLOSA

En este brillante ensayo, Mario Vargas Llosa analiza una de las novelas que han marcado su carrera como escritor: *Madame Bovary,* de Gustave Flaubert, considerado el fundador de la novela moderna y uno de los maestros indiscutibles de todos los narradores posteriores.

La pesquisa del narrador peruano tantea tres diferentes vías de aproximación al texto flaubertiano: en una primera parte, de tono autobiográfico, Vargas Llosa se retrata a sí mismo como lector enfervorizado y pasional. La segunda parte es un análisis exhaustivo de *Madame Bovary,* cómo es y lo que significa una obra en la que se combinan con pericia la rebeldía, la violencia, el melodrama y el sexo. En la tercera parte se rastrea la relación de la obra de Flaubert con la historia y el desarrollo del género más representativo de la literatura moderna: la novela.

Mario Vargas Llosa resulta tan solvente en su faceta de crítico literario como lo es en su oficio de narrador. Del encuentro de una inteligencia narrativa como la del novelista peruano con la obra más importante de uno de los autores esenciales de la literatura universal nace un ensayo que vale por todo un curso de literatura.

Alfaguara es un sello editorial del Grupo Santillana

www.alfaguara.com

Argentina
Avda. Leandro N. Alem, 720
C 1001 AAP Buenos Aires
Tel. (54 114) 119 50 00
Fax (54 114) 912 74 40

Bolivia
Avda. Arce, 2333
La Paz
Tel. (591 2) 44 11 22
Fax (591 2) 44 22 08

Chile
Dr. Aníbal Ariztía, 1444
Providencia
Santiago de Chile
Tel. (56 2) 384 30 00
Fax (56 2) 384 30 60

Colombia
Calle 80, 10-23
Bogotá
Tel. (57 1) 635 12 00
Fax (57 1) 236 93 82

Costa Rica
La Uruca
Del Edificio de Aviación Civil 200 m al Oeste
San José de Costa Rica
Tel. (506) 220 42 42 y 220 47 70
Fax (506) 220 13 20

Ecuador
Avda. Eloy Alfaro, 33-3470 y Avda. 6
de Diciembre
Quito
Tel. (593 2) 244 66 56 y 244 21 54
Fax (593 2) 244 87 91

El Salvador
Siemens, 51
Zona Industrial Santa Elena
Antiguo Cuscatlan - La Libertad
Tel. (503) 2 505 89 y 2 289 89 20
Fax (503) 2 278 60 66

España
Torrelaguna, 60
28043 Madrid
Tel. (34 91) 744 90 60
Fax (34 91) 744 92 24

Estados Unidos
2105 N.W. 86th Avenue
Doral, F.L. 33122
Tel. (1 305) 591 95 22 y 591 22 32
Fax (1 305) 591 91 45

Guatemala
7ª Avda. 11-11
Zona 9
Guatemala C.A.
Tel. (502) 24 29 43 00
Fax (502) 24 29 43 43

Honduras
Colonia Tepeyac Contigua a Banco Cuscatlan
Boulevard Juan Pablo, frente al Templo
Adventista 7º Día, Casa 1626
Tegucigalpa
Tel. (504) 239 98 84

México
Avda. Universidad, 767
Colonia del Valle
03100 México D.F.
Tel. (52 5) 554 20 75 30
Fax (52 5) 556 01 10 67

Panamá
Avda. Juan Pablo II, nº15. Apartado Postal
863199, zona 7. Urbanización Industrial
La Locería - Ciudad de Panamá
Tel. (507) 260 09 45

Paraguay
Avda. Venezuela, 276,
entre Mariscal López y España
Asunción
Tel./fax (595 21) 213 294 y 214 983

Perú
Avda. Primavera 2160
Surco
Lima 33
Tel. (51 1) 313 4000
Fax (51 1) 313 4001

Puerto Rico
Avda. Roosevelt, 1506
Guaynabo 00968
Puerto Rico
Tel. (1 787) 781 98 00
Fax (1 787) 782 61 49

República Dominicana
Juan Sánchez Ramírez, 9
Gazcue
Santo Domingo R.D.
Tel. (1809) 682 13 82 y 221 08 70
Fax (1809) 689 10 22

Uruguay
Constitución, 1889
11800 Montevideo
Tel. (598 2) 402 73 42 y 402 72 71
Fax (598 2) 401 51 86

Venezuela
Avda. Rómulo Gallegos
Edificio Zulia, 1º - Sector Monte Cristo
Boleita Norte
Caracas
Tel. (58 212) 235 30 33
Fax (58 212) 239 10 51